U0477605

文学的现场——作家说

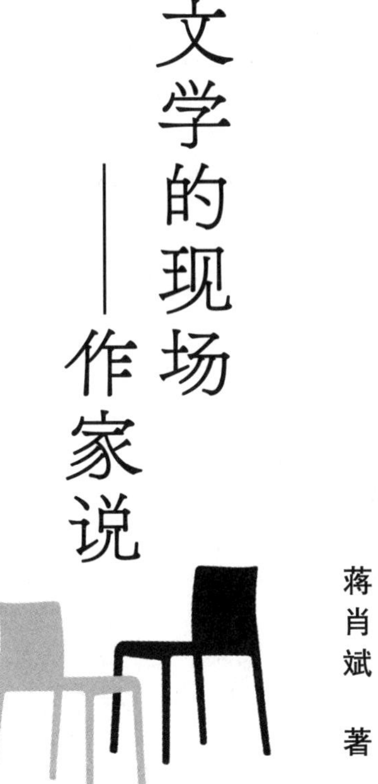

蒋肖斌 著

中国青年出版社

图书在版编目（CIP）数据

文学的现场：作家说 / 蒋肖斌著. -- 北京：中国青年出版社，2025. 1. -- ISBN 978-7-5153-7703-2

Ⅰ. I206-53

中国国家版本馆CIP数据核字第202599XV27号

文学的现场——作家说

作　　者：蒋肖斌

责任编辑：侯群雄　岳超

助理编辑：邹远卓

封面设计：张帆

出版发行：中国青年出版社

社　　址：北京市东城区东四十二条21号

网　　址：www.cyp.com.cn

编辑中心：010-57350401

营销中心：010-57350370

经　　销：新华书店

印　　刷：北京汇瑞嘉合文化发展有限公司

规　　格：710mm×1000mm　1/16

印　　张：15.75

字　　数：186千字

版　　次：2025年2月北京第1版

印　　次：2025年2月北京第1次印刷

定　　价：38.00元

|序　言|

探秘现场本身就是意义所在

何建明

《中国青年报》记者蒋肖斌要出书，听到这消息我很高兴，因为这本《文学的现场——作家说》，是她对众多我熟悉的作家的专访类作品。记者走近作家，最后自己也成了作家的先例不少，至少我认识的已经有三四位了，所以小朋友蒋肖斌说希望我给她的第一本书写序时，我欣然答应。原因有二：一是因为我们熟识，二是我期待她也成为一名作家。她应该可以成为一名优秀作家的，我对此肯定。

定名为“文学的现场”，这中间有两个关键词：现场和文学。“现场”，对记者来说，是职业使然，是几乎每个记者都必须做好的基本功，本人当过20多年的军旅记者，“现场”对我们来说，好比将士的战场一样，离开了“现场”，就不可能成为一名优秀的记者。

与蒋肖斌认识，也因为她是《中国青年报》负责联系中国作家协会的一名优秀记者。在众多的记者中，我对这位小朋友特别看好，她从不张扬，很低调，但做事特别到位和认真。近年她写了许多专访文章，写得非常不错，尤其是在探究每位作家的“文学经历”的视角上，有独到之处。这是她所设定的“文学的现场”。

这样的“文学的现场”与我们平时作家们、记者们所言的“现场”不太一样，是在诠释和探究作家或者他们作品的“现场”。这种“现场”充满了文学的意味和文学的本质。通过这样的一个“现场”，我们能够认识一个作家或他的一部作品的来龙去脉，以及他想表达的真实意义；这个“现场”是对作家和作品的深入、客观、全面和精准的了解与剖析。

这样的“现场”，有时起着“导读”作用，有时发挥着“引领”意义，甚至可能通过一个个作家、一部部作品，扫描整个当代文学的趋势和趋向。因此，这样的“文学的现场”十分有意义，其实它也是文学本身的一部分，是我们作家自己或作家协会等专业部门与组织可能忽略了的一件非常重要的事情。因此我认为，像蒋肖斌所做的事，意义很大，文学事业需要它，广大读者需要它，作家本人更需要它。

这是这部《文学的现场——作家说》最重要的意义所在。

另一层意义是对蒋肖斌本人而言的。一名职业记者，通过自己的眼睛和情感去走近作家、走进文学，最终实现自己对文学的更深刻认识并成为一名文学人，我想我的小朋友、亲爱的大记者蒋肖斌，一定会朝着这一方向阔步前进，且能够获得预期的成功。她过去做的和现在正在做的，已经证明了这一点。

期待她第二本、第三本“文学的现场”，那个时候的文学天空里，一定会有“蒋肖斌”这颗闪耀的星星！

2024年夏于上海

目 录

石一枫：尽职尽责书写小人物

石一枫

石一枫，1979年生于北京，1998年考入北京大学中文系，文学硕士。

著有长篇小说《漂洋过海来送你》《入魂枪》《心灵外史》《借命而生》等，小说集《世间已无陈金芳》《特别能战斗》等。曾获鲁迅文学奖、冯牧文学奖、十月文学奖、百花文学奖、小说选刊中篇小说奖等，作品入选“中国好书”年度好书、新时代文学攀登计划、中国小说学会年度榜单等。

一个正常的社会，不可能不面临问题。

石一枫，生于20世纪70年代和80年代的交界处。他长在北京的大院里，从北京大学中文系毕业后，成了一名作家兼编辑。他写过《红旗下的果儿》《地球之眼》《借命而生》《特别能战斗》等一系列作品，2018年凭借中篇小说《世间已无陈金芳》获得第七届鲁迅文学奖。

年龄和获奖经历都是过往，不要在意这些细节。看作家，还是得看他写了什么。石一枫笔下的小人物，多是不得志的那种，底层失败女青年，特别能战斗（吵架）的北京大妈，听上去就不是“爆款”，但这些人，仿佛就住在你家隔壁，甚至可能出现在镜子里。

蒋肖斌：为什么很多作家喜欢写小人物？

石一枫：作家写小人物，有一个比较直接的原因——大部分作家是普通人，没有机会接触到大人物，没见过的能写得像吗？当然，从文学的角度来讲，写好小人物更能体现文学的本质。普通读者看文学作品，会有代入感，会觉得自己就是作品中的一个小人物。所以，观照小人物就是观照大众，符合文学规律。

蒋肖斌：你在《世间已无陈金芳》《借命而生》等作品中，写的都是小人物。小人物有很多种，你的选择倾向是什么？

石一枫：小人物千人千面，我会选择写能体现“大时代”、揭示“大问题”的小人物。如果作家写小人物只能写出一点小事情，那我觉得就白写了，第一你浪费了这些小人物，第二你也对不起这些小人物。

《世间已无陈金芳》讲的是改革开放以来，人们想改变命运、想活得更好，这是中国人最朴素、最普遍的一个愿望，在陈金芳身上得到了体现。《借命而生》讲的是社会在变化中有各种各样的诱惑，也会有让人失望的地方，但社会依然在朝着我们希望的好的方向发展，因为总有一些人坚守着某种底线，是道德底线，也是职业底线，他们有着和命运斗争的勇气和力量。这样一个又一个的小人物，汇聚成一种力量，我觉得是值得写的。

蒋肖斌：你在《特别能战斗》中把一个以“战斗思维”指引一切行动的大妈苗秀华写得特别生动、特别犀利。

石一枫：犀利吗？这只是我的个人倾向，只是尽量不回避问题。

在国营工厂干了一辈子的苗秀华，一方面有主人翁意识，过去通过吵，通过闹，能够发出自己的声音，捍卫自己的权利，但到了现代社会的逻辑中，她发现原有的发声方式都失灵了，她“被”成为一个“泼妇”；另一方面，她发现自己的“勇气”在别人身上已经找不到了，她的习惯行为又让她成为一个“英雄”。整个故事就有了一点荒诞戏剧的色彩。年轻人可能天生就适应了新的社会逻辑，但对岁数大的人来说，从旧时代到新时代，他们无所适从。

蒋肖斌：你笔下的人物在现实中会有原型吗？

石一枫：不会有完全一样的原型。小说中的人物还是相对简单，现实中的人更复杂。如果一个人真的活得像小说里的人，那就活得太简单了。我能做的只是把某一个人最突出的特点提炼出来，或者把某几个人的共同特点融合到一个人身上。

蒋肖斌：陈金芳不择手段地“奋斗”，最终归零，苗秀华一直在战斗，到小说结尾也没有好结果。你对这一类人物持什么态度呢？

石一枫：对人物，我没有批判的权利。鲁迅可能会“哀其不幸，怒其不争”，但我对一个具体的人，尤其是一个小人物，恨不起来。即便要批判，也是“对事不对人”。对于社会的问题、时代的困境、精神的困惑，都可以揭露、可以批判，但对人，他们没有犯法、没有恶意，只是那么一种朴素地活着的人。

蒋肖斌：你似乎比较有“问题意识”。

石一枫：一个正常的社会，不可能不面临问题。如果一个社会说自己没有问题，一般只有两种可能，要么这是一个虚假的社会，要么就是有问题但不让说。

对人来说，在享受社会好的一面的时候，往往是“如鱼在水”的那种不自知的状态，比如网购、外卖、电子支付、市政服务，等等，在刚出来时人们会兴奋，没多久就习惯成自然；而在面对社会不好的一面的时候，就会非常敏感。但这种敏感不是坏事，不需要去隐瞒，或者视而不见。有问题就去分析原因、想办法解决，这是一个正常社会应有的样子，也是一个健康的社会心态应有的样子。

从文学的角度，我们反思一下不好的东西，反思社会还应该如何进步，也更有价值。至于好的那一面，没有必要天天摆出来说我们有多幸福，继续保持就行。而且从新文学的历史脉络来看，关注社会问题是主流，换个更时髦的说法，新文学的基因就在于它的批判性。从鲁迅、茅盾，到巴金、老舍，这种基因一脉相承，抹杀掉这个特质，就不是新文学了。

蒋肖斌：最近你在看什么书？

石一枫：看了阿列克谢耶维奇的非虚构作品《切尔诺贝利的悲鸣》。这个事件已经过去很久了，还是有作家在不断地反思。

我20岁出头的时候赶上“非典”，那个时候我相信你问每一个人，他都会信誓旦旦地说:“再也不吃野生动物了，一定好好洗手注意卫生。”但是17年的时间很长，普通人也好，社会也好，都忘了很多东西。

一个事不能说过去就过去了，普通人可能会“记吃不记打”，就像小时候我妈打我，说我“撂爪就忘”。但作家作为专业的人文工作者，就应该帮助社会记住教训，这样大家才会越活越好吧，这是一个很简单很朴素的道理。

蒋肖斌：接下来有什么写作计划吗？

石一枫：正在写一个长篇小说。挺巧的，主人公里就有一个是医生。

在某种情况下，每个人的工作都和社会大事有关，无论你是医生，还是科学家，或是市长，就算你是个小人物，也需要尽职尽责。一个人能做到尽职尽责，就说明你还没忘记自己是为什么活着，没忘记你做的这份职业和自己之所以活成现在这样一个人，到底有什么意义。

我想写的还是普通的小人物，这也是我作为一个文字工作者的尽职尽责。

冯骥才：书房是作家不设防的写作场

冯骥才

冯骥才，1942年生于天津，祖籍浙江宁波，中国当代作家、画家和文化学者，天津大学冯骥才文学艺术研究院院长。

他是“伤痕文学”代表作家，其“文化反思小说”在当今文坛影响深远。作品题材广泛、形式多样，已出版各种作品集200余种。代表作《啊！》《雕花烟斗》《高女人和她的矮丈夫》《神鞭》《三寸金莲》《珍珠鸟》《一百个人的十年》《俗世奇人》《单筒望远镜》《艺术家们》等。作品被译为英文、法文、德文、意大利文、日文、俄文、荷兰文、西班牙文、韩文、越南文等，在海外出版各种译本60余种。多次在国内外获奖。

他倡导与主持的中国民间文化遗产抢救工程、传统村落保护等文化行为，对当代人文中国产生了巨大影响。

我进过不少作家的书房，从冰心、孙犁到贾平凹，我相信那里的一切都是作家性格的外化，或者就是作家的化身。

要进冯骥才的书房，得先经过一个走廊，阳光从书房的窗户照进来，在走廊里留下黑白的剪影。这些特别的剪影印在冯骥才的心里：每天去书房，就像要先经过一个水墨画廊。

40多年前，冯骥才出版了自己的第一部长篇小说《义和拳》；20世纪80年代末90年代初，他投入文化遗产的抢救中；2018年，他以《漩涡里》和《单筒望远镜》，重回读者的视野；最近，他又续写了几位"俗世奇人"，还第一次写了作家之于读者最神秘的地方——书房。

世上有无数令人神往的地方，对于作家，最最神往之处，还是自己的书房——异常独特的物质空间与纯粹自我的心灵天地。冯骥才喜欢每天走进书房那一瞬间的感觉，他总会想起哈姆雷特的那句话："即使把我放在火柴盒里，我也是无限空间的主宰者。"

蒋肖斌：你的书房是什么样子？

冯骥才：有很多人误认为作家的书房一定是有满屋子的书，整整齐齐像图书馆一样。实际上，作家的书房是杂乱不堪的。我的书和艺术品就完全混在一起，我家保姆帮我收拾房子，我要求她一张纸都不能动。所有纸都是杂乱的，但我知道我需要的那张纸能在哪一堆里找到。

蒋肖斌：你在年轻的时候想要一间书房吗？

冯骥才：年轻时候生活很困难，书房是奢望。（20世纪）70年代刚开始写作的时候，住在一个挺小的房子，只有十几平方米。地震的时候整个塌掉了，我又重新把它盖起来。房子里有一张桌子，全家人都在那桌上吃饭，吃完收走后，我才能在上面写东西和画画。所以，书房亦卧房，书桌也餐桌，菜香混墨香。孩子做功课还轮不上这张桌子，只能在旁边弄一块板子，人坐在板凳上。

当时住4楼，屋子有一扇北窗，冬天很冷，我得拿纸把所有窗缝都糊死，再挡一块板子。然后，我又用一些木条做了一个书架，把书都立在架子上。我拍过一张照片，当时穿着一件很旧的衣服，胳膊肘处还打了一个补丁，身后全是书，就是站在这个书架前拍的，照片现在还留着。那是我幻想中的书房，但其实就是我的卧室、客厅，兼书房、画室。直到80年代，生活慢慢改善，才有了书房。

蒋肖斌：在书房写作和在其他地方写作，感觉有什么不同？

冯骥才：这就跟你睡觉一样，你在家里睡觉和在旅馆当然不一样，你在家里睡觉就是踏实。家是最不设防的地方，你不需要任何戒备。作家不可能每天创作，他还要生活。在家写作，就和生活融为一体，想吃就吃，想睡就睡，很自然。

孙犁先生书房的桌上放了一个天青色的瓷缸子，纤尘不染，装着清水，放着十几颗雨花石，不同颜色、不同图案。他的脚下永远有一摞纸，别人给他寄杂志的信封，他绝对不会随便撕掉。都是拿裁纸刀裁开，反过来叠起来放脚边，给人寄书时包书用。这种整齐、勤俭、有序，给我留下非常深刻的印象，我觉得这跟人的精神、气质、文风是一致的。

我到世界上很多国家去，最喜欢看两个地方，一个是博物馆，一个是作家的故居——往往还保持着原生态。托尔斯泰在波良纳和莫斯科的两所故居，在他去世后原封不动地上交给了国家。你现在进去，仿佛可以看到作家人生所有的信息，找到大量在书里找不到的细节。

契诃夫在梅利霍沃有一个故居，我当时为了找它特地花了一天时间。这个故居给我印象特别深刻的，是一张格里戈罗维奇的照片。那是当时俄罗斯一个很有名的作家，他看到契诃夫写的一些"豆腐块"，觉得非常有灵气，于是建议契诃夫，应该去写"真正的文学"，不要浪费才华。契诃夫没想到自己能得到大作家的肯定，于是开始严肃对待写作。后来，契诃夫一直摆着格里戈罗维奇的照片，视其为自己的人生导师。

在都柏林参观萧伯纳的书房，看到书桌对面挂着一个人的画像，特别大，眼神咄咄逼人。我不认识那是谁，就问博物馆的工作人员，他告诉我，这个人是专门批评萧伯纳的，而且非常尖锐、不留情面。萧伯纳把他的画像放在眼前，激励自己挑战评论、坚持自我的精神。这很有意思，从书房看出了一个作家的性格。

蒋肖斌：你觉得中国文人的书房有什么共同的特质吗？

冯骥才：我刚看了一篇写汪曾祺的文章，写他身上有中国传统士大夫的气质，这种气质在中国现当代文人身上少多了，恐怕和这个时代的巨变有关。中国文人的书房，我觉得有两个特质：一是很强的书卷气，没有浮夸、没有享受，是一个纯精神的地方；二是琴棋书画，中国人讲究触类旁通，屋子里一般有一些相关的东西。

冯骥才：我喜欢做的事情里有一点悲壮感

以前更希望和读者一块儿认识生活，现在我觉得文学还有一个很重要的使命，就是留下审美的形象和对时代的思考。一个好的艺术家要影响一个时代的精神，特别是审美的精神。

2022年，冯骥才刚刚过了80岁生日。

一般人过八十大寿，穿上唐装，后边摆寿星佬，前面摆果篮鲜花，很多人来祝寿……但冯骥才不想太庸常地过，他希望加一点东西。

其一，跟105岁的母亲，一起吃一顿面。“母亲25岁生我，现在还身体健康。我80岁的人还能去看自己的妈妈，很难得。”

其二，在学院搞一个活动，不是祝寿，是做一点研究。“从出生到现在，我基本都生活在天津。我想讨论知识分子和故土、故土上的人民，是一种怎样的关系，有着怎样的情感——这对作家、对文学，都是有意义的。”

和冯骥才80岁的人生一块儿到来的还有两本新书——《画室一洞天》《多瑙河峡谷》，前者是随笔集，后者是5部中短篇小说的结集。

冯骥才说：“我虽然80岁了，但我的心理年龄、身体感觉，仍然是50～60岁，还是有敏感度和想象力，创作是我内心的需要。”

蒋肖斌： 你有在人生重要日子作画的习惯，今年会画吗？

冯骥才： 每个人的人生都会有一些节点，有时候人的努力是为了给未来留下一些记忆。我50岁的时候，画了一大片树，已经入秋，但叶子在阳光下闪着光。当时我觉得自己的人生进入了一个黄金时代，就像那片树。60岁的时候，我画了一幅《豪情依旧》，一只船在大江中流扬帆。当时我开始做民间文化遗产抢救，需要这么一股力量。今年我还没有画，因为还不知道会有什么样的情感。

我在结婚纪念日的时候，比如银婚、金婚、绿宝石婚，都会画画，是我们两个人一起画一对小鸟。这个最早是在（20世纪）六七十年代，最艰苦的时候，我们一起画了一对在风雪中的小鸟。后来，我们一直画鸟，风景不断变化，但两只鸟一直在。

蒋肖斌：《书房一世界》和《画室一洞天》，是不是你写得最快乐的作品？

冯骥才： 读者可能体会到了，我是挺高兴的。写的时候特别放松，因为都是写我身边朝夕相处的东西，而我又知道每个东西里的故事。就像宋人写笔记，白描，写出平淡生活中的况味。可能会有一些伤感的东西，但不至于让我落泪。人到了七八十岁，感受过往的一点一滴，喜怒哀乐，在文章中会变成另外一种诗意。

蒋肖斌： 绘画和写作，对你而言各意味着什么？

冯骥才： 我最早是画家，画了15年，当然现在还在画，只是不多了。绘画对我而言更私人化一些，是一种个人的心灵感受，一种排遣，一种抒发。文学更多承担了一些对生活的思考、对社会的责任。

文学影响了我的绘画，比如在绘画中追求文学性和诗意，这也是中国绘画，特别是文人画的传统。绘画也影响我的文学，因为它和文学共通的一点是，都要产生视觉的形象，给读者营造一个看得见的空间、人物、景象，而且越鲜明越简洁越好。

这两件事我不需要分配时间。有文学创作冲动的时候，我就到书房去写；有了用绘画表达的欲望，我就走到画室。我的书房和画室，是在家里一个廊子的两头，这是一个甜蜜的往返，很幸福。

蒋肖斌：你觉得自己的画室还缺点儿啥？

冯骥才：挺好，什么都不缺。我老师的画室里，有楠木的书架，散发着独特的幽香，挂着轴画，摆着绿植，很优美；现在的画室更像车间。我在书里写了两个画家的画室，一个是吴冠中，很小，只有十几平方米，一个是韩美林，很大，共同点是全是画，画室是干活儿的地方。

蒋肖斌：为了抢救民间文化遗产，你曾经卖画筹款。

冯骥才：首先，卖画救不了民间文化。那么大一个中国，那么多文化遗产，凭我卖的那些钱能起什么作用呢？可能有一个作用，就是唤起人们对这个问题的思考。当时卖完画，有一种“家徒四壁”的感觉。后来我说了一句话，我喜欢做的事情里有一点悲壮感。我把我的心交给大地了。

蒋肖斌：那现在你是回到了文学吗？

冯骥才：从写作的意义上，我曾经和文学阔别了20年，但是我不会离开文学。在做民间文化遗产抢救的时候，我经常会有文学的冲动和想象。文学想象最多的时候，就是在大地上奔跑的时候。特别是晚上坐在汽车里，听着音乐，好几个小时，文学想象就忽然出来了。

但那时候我不可能写，没时间。有时候看到同辈作家或者年轻人出新书，我有一点苦涩，觉得没法做自己热爱的东西。但也只有“一点”，因为我知道我做的事情太重要了，必做不可。

我这辈子既然跟文化遗产保护捆绑在一起，就永远不会松绑的，只是没有体力再继续。如果让我回到60岁有体力的时候，我还是要放下小说。现在文化遗产仍存在大量问题，不断出现新的困境，有太多的事情没有做。

蒋肖斌：《多瑙河峡谷》中的5篇小说，在真切的现实中引入了梦幻、奇幻、奇遇等因素，“亦真亦幻”，是你之前没有过的风格。你是如何保持这种创作热情的？

冯骥才：对文学的热情是天性，搞文学的人，当对生活有热情的时候，必须要用文字来表达。比如，写《木佛》的时候，我换了一个角度，不是以人写物，而是以物写人，以木佛的自述为叙述视角。

现在我和以前有一点不同。以前更希望和读者一块儿认识生活，现在我觉得文学还有一个很重要的使命，就是留下审美的形象和对时代的思考。一个好的艺术家要影响一个时代的精神，特别是审美的精神。

有人问我，有什么写作计划。我就没什么计划，写作是一种快乐的创造，过去20年生活的积累太多了，我止不住地一篇一篇地写。

蒋肖斌：你的创作有变化，那有什么是不变的？

冯骥才：我坚持一点：要把文学写成艺术品。所谓艺术品，就是有审美价值的。我还坚持小说家的语言——不管写的时候多么激情澎湃，小说的语言最终应该是精当的。这也是中国文学的传统，在中国文学史上，最先成熟的是诗，然后是散文，而诗歌给文学最大的影响就是语言。写《俗世奇人》的时候，我写得很快，但改的遍数很多，语言不行，我不敢放手。

蒋肖斌：你祖籍浙江宁波，你的父母是怎样的人，他们对你有什么影响？

冯骥才：我母亲是山东济宁人，这个地方的特点是又文又武。文，是孔子和孟子的故乡；武，有水泊梁山，是当年武松、鲁智深活跃的地方。我父亲是宁波人，家族从唐代以来就是文人。山东人的阳刚，浙江人的细腻，两种文化对我都有影响。影响不是几句话的事儿，是刻在骨子里的精神。

50岁的时候，我到宁波办了一个画展，我敬我的老家，那是我生命的发源地。我第一次卖画也是在宁波。当时没有钱修缮贺知章的祠堂，我在画展里选了5幅自己最喜欢的画卖了捐了，现在祠堂已经成为当地一个很重要的文化旅游景点。

这样的事情，我做得挺多，没有任何想法，没有任何功利心，只是出于热爱。

徐则臣：沿着花街，走向我的文学根据地

徐则臣

徐则臣，1978年生，江苏东海人，毕业于北京大学中文系，《人民文学》杂志副主编。

著有长篇小说《北上》《耶路撒冷》《王城如海》《夜火车》，中短篇小说集《跑步穿过中关村》《如果大雪封门》《北京西郊故事集》等。曾获鲁迅文学奖、老舍文学奖、郁达夫小说奖、“中国好书”、中宣部“五个一工程”奖等多个奖项，长篇小说《北上》获第十届茅盾文学奖。部分作品被译为英文、法文、德文、西班牙文等20余种文字。

我自认为是一个悲观的理想主义者。我有理想，我清楚理想之存在与虚无，但依然信守虽不能至、心向往之。

作为一个写作者，和已纷纷出道的“90后”作家相比，42岁的徐则臣不算年轻；但他2019年凭借《北上》获得第十届茅盾文学奖时，又是这个四年一届大奖最年轻的获得者之一。出生于江苏东海的乡村，一路北上求学，到了北京，徐则臣小说里最常见的是两个地方——京杭运河边、“北漂”聚集地。

徐则臣被称为中国“70后作家的光荣”，文学可以追溯到小时候的一把藤椅：“那时候人小，喜欢像只猫那样，整个人盘在藤椅里看书，一口气能看半天。”

蒋肖斌：你看的第一本小说是什么？

徐则臣：小时候在农村，看的很多书传来传去，早就没头没尾，很多年之后才知道，哦，那是《金光大道》《艳阳天》……看的第一本完整的严肃文学长篇小说是《围城》，小时候每个假期都会重新看一遍。但我在小学五年级的时候，已经把金庸所有的武侠小说都看了。

蒋肖斌：2006年，你从北京大学中文系毕业的第二年，写了《跑步穿过中关村》，小说和你的大学经历有关吗？

徐则臣：没有非常精确的移植，但中关村附近是我日常生活的一个场景。比如，那时候选修了电影赏析的课，不像现在能在网上下载很多电影，得去买碟，我就跟有的音像店老板和走街串巷卖碟片的特别熟。这样的细节，写小说的时候自然而然会带进来，肯定能看出我个人的生活轨迹。

蒋肖斌：北大毕业后你成了“北漂”，没有户口，工资很低，有想过给自己留后路吗？

徐则臣：没什么后路，能写东西，能活下来就行。我刚到北京是24岁，到北大读研究生，那时候觉得，只要给我足够的时间，什么事都可以干得成。年轻给人的是一种溢出的自信和幸福感。

毕业后到杂志社做编辑，一开始一个月工资1500（元），房租就要1100（元）。平时吃饭很简单，特别向往的，就是每周或者两周一次，到人大西门外的一个小馆子里吃重庆水煮鱼。那个油很差，发黑，肯定反反复复地用，但真是入味，吃的时候觉得特幸福。我在很多小说里写到水煮鱼，其实我更喜欢的是水煮鱼里的豆芽，在用过无数次的油里煮过，特别入味。

回头看，那两年生活有点难，可当时不觉得苦。当然也没过过好日子，没有比较。年轻嘛，不会想太多。年轻似乎天然地包含一种乐观主义，骑个破破烂烂的自行车满大街跑，极少愁眉苦脸的。

蒋肖斌：你的很多作品是“北漂”的视角，当你的生活越来越趋于安稳，会不会失去一些创作的素材？

徐则臣：一个作家永远不用担心没有素材，只要你还睁开眼睛看，只要你还敞开耳朵听，只要你还愿意去想，还有好奇心，你永远都有写不完的素材。所以，不在于生活如何，而在于你自己是否变成一潭死水。只要你内心还暗流涌动，就素材而言，我觉得现在比过去要多得多。

蒋肖斌：十几年前，你获得过“中国新锐文学大奖”“最具潜力新人奖”等奖项，文学界对一个新人作家的期待往往是怎样的？

徐则臣：鲁迅说，“即使天才，在生下来的时候的第一声啼哭，也和平常的儿童的一样，决不会就是一首好诗”。对一个新人，我肯定不会期待他一下子就写出惊世之作，而是希望他能提供只有他才能提供出的新东西，比如新的讲故事的方式、腔调，哪怕有一些怪癖，只要和别人不一样——当然也不是为赋新词强说愁，就可以。我期待在新人身上看到文学的新质素。

蒋肖斌：以年龄来划分作家是不是有一些粗糙？

徐则臣：如果从宏观的文学史看，你肯定不会说李白、杜甫分别是几零后，我们统称他俩为唐代诗人；但从微观的文学史看，李白大杜甫11岁，他们不是一代作家，而且因为安史之乱，创作上差别非常大。所以，我不会大而化之地去否定代际，因为在考察一个时代的作家时，有时候的确需要放大这种时间上的差异，才能看出作家与时代、作家与作家之间的关系。

为什么“50后”作家依然是最勤奋的？他们对文学的专一让人感动。为什么年轻的作家那么容易跨界，写着写着就写丢了？对他们来说，这个世界上重要的事情很多，文学不过是其中之一。他们成长的环境不一样。“70后”作家更接近于“60后”，头脑中还残存着一部分集体主义意识和理想主义。

蒋肖斌：你是一个理想主义的人吗？

徐则臣：我自认为是一个悲观的理想主义者。我有理想，我清楚理想之存在与虚无，但依然信守虽不能至、心向往之；对生活中的失败，我不那么计较，说到底没什么不可理解的。我对世事的判断是：不会比你想象的更好，也不会比你想象的更坏。所以极少大悲大喜。

蒋肖斌：你的人生轨迹是一路北上，《北上》写大运河，是想为人生“前半段”做一个总结吗？

徐则臣：《北上》不是。《耶路撒冷》算一个小总结吧：以我个人的视角，以我对（20世纪）70年代出生的同龄人的理解，对这一代人做一个文学的、个人化的总结，当然包括我自己。

写《北上》是因为水。水是我日常生活的重要背景。在水边生活过的人对水大抵很有感情，这种感情慢慢会融入作品中。我小时候生活在水边，18岁上大学又在运河边。从那个时候开始写作，水就进入了我的小说。20多年来，我写了很多关于运河的小说，比如“花街”系列，比如《北上》。

蒋肖斌：有时候提到一个地方，就会想起一个作家，你觉得地理坐标对一个作家来说有什么意义？

徐则臣：作家经常有一个相对固定的文学根据地，比如马尔克斯的马孔多、福克纳的约克纳帕塔法县、莫言的高密东北乡。这个根据地给作家一个聚焦范围，有助于他收拢和汇集注意力、想象力和才华，在个人化的维度上开拓和深度地掘进，最终构建出一个完整的、独特的第二世界。

我在小说里经常写到花街。第一次写，就是一条南方典型的青石板路，几十户人家，门对门开着；后来再写，人物和故事放不下了，这条街就被迫越来越长。有人问，这条街到底有多长。我说这个世界有多复杂，它就有多漫长；我的写作需要它有多长，它就会有多长。如果经营得好，最终它不仅叫“花街”，还会叫“世界”。它是我以文学的方式建立的一个乌托邦。花街确有其街，但我的花街，肯定不仅仅是那条花街了。

正如我一直在开辟的另一个文学根据地——北京。我们都知道北京在哪儿，大概长什么样，我小说里的北京既是大家都熟悉的那个北京，又是大家所陌生的北京。我在用文学的方式拓展和建造一个我自己的“北京”。我最近出版的短篇小说集《北京西郊故事集》，一些在北京西郊生活过的朋友和读者跟我说，他们在书中看到了一个似曾相识的北京西郊，也看到了相对陌生的北京西郊。我说，那就对了。

付秀莹：小说中的人物肯定就是你“自己”

付秀莹

付秀莹，作家，《中国作家》杂志社副主编，中国小说学会副会长。

著有长篇小说《陌上》《他乡》《野望》，中短篇小说集《爱情到处流传》《朱颜记》《花好月圆》《锦绣》《无衣令》《夜妆》《有时候岁月徒有虚名》《六月半》《旧院》《小阑干》《谁此刻在世界上的某处哭》等多部。曾获多种文学奖项。部分作品被译介到海外。

这些经历也不仅是我个人的，其实也是中国经验的一部分。

《陌上》是付秀莹创作的第一部长篇小说，给读者带来了华北平原上一个叫“芳村”的村庄；后来，她又写了《他乡》，来自“芳村”的女孩翟小梨到了省会，又到了首都。看到这里，很多人笃信，“芳村”就是她的家乡，“翟小梨”就是付秀莹。

付秀莹并不回避这种讨论：“大家把人物往作者本人身上去联想，我觉得没有关系，因为你的人物肯定和你脱不了干系。”

蒋肖斌：《他乡》出版后，经常有人问“付秀莹到底是不是翟小梨”，你在主人公身上投射自己了吗？

付秀莹：《他乡》出版后，因为主人公恰恰是一个女性，熟悉我的人会觉得，年龄相当，经历相似，那就是你。甚至当时有一位来参加新书活动的评论家对我说，“我来的路上一直在计算你的年龄，算你某个年龄段的经历”。我当时听了很惊讶，也暗自很高兴——说明这个人物成功了，起码引起了读者对人物命运的关注和兴趣，这不是坏事。

小说中的人物肯定就是你自己——这么说有点极端，但这个“自己”不一定是真实的，而是你的各种可能性，对自己的想象或者期待。如果我写一个男人，那也是经过我的眼光过滤之后的，心目中的理想男性。所以，逃不过的。

蒋肖斌：在你的作品中，最直接的嫁接自己经历的情节是什么？

付秀莹：比如我在地铁上的种种体验。我经常坐地铁，从地铁口长长的通道走进去，那风就浩浩荡荡地吹过来，能把衣服吹起来，走一路吹一路。再比如，冬季走过北京的天桥，看着远处的车来车往、万家灯火，那种异乡人在北京的孤独感、漂泊感，不确定性，非常刻骨铭心。这种感受和细节，每天都在经历、叠加、强化，肯定会出现在我的小说里，不仅是《他乡》。

这些经历也不仅是我个人的，其实也是中国经验的一部分。尤其是我的同龄人，很多是通过读书考试改变命运，从故乡到他乡，从乡村到城市，去追寻梦想。这样的经历不独特，但很典型，可能是一种集体的无意识。

作品中来自生活的细节就更多了。比如在一个小说中，我写到男主人公家里的阳台上，有从很远的地方出差带回来的竹子。其实我家阳台上就有我从广西千里迢迢带回来的竹子。

蒋肖斌：你笔下的年轻人从乡村到城市，你是如何从河北无极县来到北京的？

付秀莹：我的经历其实很简单，就是通过考试、升学。小学就在村子里，初中经过选拔到了县中，当时很骄傲。一个孩子对县城的想象，觉得那是一个很遥远的地方，是另一个世界，其实也就不到20里路，但那是第一次离开家人，第一次远行。每个新学期开始的早晨，父母送我到村口，那个场景的记忆太深刻了。当一个孩子在很多年之后成为一个写作者，这一幕就非常有意味——从此山高水长，离故乡越来越远，再也回不去了。这样的场景也不仅仅是我个人的，是一代又一代人的。

后来，我念高中、大学，在石家庄工作了多年，又考研究生到了北京。我从小就是一个好学生，但高考没考好，总觉得遗憾，后来考研也是为了弥补这个遗憾。前些年我还动心，想考博士，觉得那是一个人生心愿。在已经工作后的很长一段时间里，每当焦虑的时候，我还会梦到数学考试，试卷发下来一看都不会，或者铃响要交卷了还没写完，醒来发现是梦，虚惊一场。

这些经历和翟小梨很像，在一个典型的偏僻的乡村长大，除了上学，还有别的出路吗？写这个人物时也有些矛盾，要不要给主人公换一种活法。但最后我决定真真假假，只有我自己知道哪些是真实的，哪些是虚构的。一个农村的女性站在城乡的交界处，会有不断的撕扯、打碎，重塑。多年之后，再去心平气和地回忆这些，很难说好还是不好。不过对一个写小说的人来说，是非常宝贵的财富。

蒋肖斌：那你和文学的渊源是如何产生的？

付秀莹：在我们村子里，有字的东西都很少，看到一张报纸都如获至宝。那时候看小人书，一幅画下面有几行字，每天看，几乎能倒背如流；去邻居家看到一本书，可能已经残缺不全，也会想尽一切办法蹭着看。有一次，邻居家窗台上放着一本杂志，可能还用来垫过酱油瓶，有一圈油渍，大人们在聊天，我就站着津津有味地看，第一天没看完，第二天还去。

最早看的真正的文学作品，是《小说月报》上发表的一篇张洁的中篇小说《祖母绿》。那时候我还是孩子，看不懂小说里女性的命运，“她用一个夜晚，完成了一个妇人的一生”，根本不理解什么意思。还有书中对女性服饰的描写，曾令儿穿的波点的衬衣、白色的西裤，那种洒脱潇洒，给一个农村女孩带来的审美上的震撼太深了。

小时候我的语文成绩特别好，作文经常被老师当作范文来朗读；同学们也会开玩笑，调侃我是“作家”。高中时，我的文章在当时学生都会订的《语文报》上发表，我记得那个栏目叫“文苑撷英”，当时还想，栏目中有个“英”字呢。（20世纪）90年代初在报纸上发表作品，会收到很多读者来信，跟我谈对写作的看法、青春的苦恼。我就觉得，当作家能找到很多知己啊，于是有了这个念头，但只是一个种子，学业压力太大了，我还在愁数学呢。

蒋肖斌：关于女性话题，不久前有一部电影《82年生的金智英》引起很多读者和观众的共鸣。你也写女性，是否也感受到女性的艰难？

付秀莹：我也看了那部电影，看得心里很沉，女性面对的问题要比男性复杂得多。很多人在评价女性的时候，认为她们的幸福与否取决于家庭，对男性似乎就没有这种标准。我在作品中塑造了很多女性形象，城市的，乡村的，且不说婚姻，女性在面对情感时就缺乏了一种主动把握的能力，会觉得“被爱”比“爱”重要。

蒋肖斌：读者对“女性作家”会有偏见吗？

付秀莹：在两性关系中，女性还是处于一种非常微妙的位置，对女性作家的偏见仍然是存在的。比如，我用第一人称写一个小说，编辑就提出，能不能不用第一人称。但我的确用第一人称写起来更顺畅，而且即便我用了第三人称，人们还是会把主人公投射到我身上，逃不掉。

再比如，很多人觉得女作家只能写小情小爱，没有家国情怀。我倒没有觉得小情小爱不好，但我们从乡村到城市，自觉或不自觉地被时代裹挟，参与了一代人的精神建构，你不能不承认这也是家国。但也不否认性别之间的差异性，女性作家会更多关注生活的细部，向内转，这一点可能也更契合文学的本质，向隐秘处去发掘精神世界的幽微。

虽然说男女平等，但有时候仍会感觉这是一个“男性世界”。比如我出去开会，黑压压的一片都是男的，安排住宿时，你会发现自己的名字后边会有一个括号写个“女”，因为女性是少数。而且因为这个“女”字，可能周围人对你的评价标准会有所降低，比如会说“你在女作家中不错”，而不是把你放到一个整体中去衡量。当什么时候我们不强调“女”了，可能就真正平等了。

蒋肖斌：你是一位作家，同时也是《长篇小说选刊》主编，这两个身份之间会如何互相影响？

付秀莹：有的人做编辑，可能会因为读了太多不太好的作品而“败坏胃口”，伤害了对文学的激情。我比较幸运，在“选刊”，是从已经发表的作品中选更好的，所以感受要好一些。但做编辑，肯定会消耗文学的神秘感，身在其中，知道作品是如何一审、二审、三审，刊物是如何排版、印刷，没了新鲜感，还可能削弱你的创作激情，觉得作品那么多，自己写不写无所谓。

但同时，做编辑也会让你清楚地知道自己的水平和在中国当代文学的位置。你知道你的同行们都在写什么，谁写得好。心里有数就不会慌张，也不会狂妄，知道自己下一步应该到什么样的程度，会对自己有一个比较客观的判断。

路内：自己写的人也得重新理解他

路　内

路内，作家，1973年生于苏州，现居上海。著有长篇小说《少年巴比伦》《慈悲》《雾行者》《关于告别的一切》等。

写作改变了我的世俗命运，这没什么好赖账的。从世俗的角度来说，我本来应该去开游戏房的。

晚上9点半，路内刚刚睡醒，因为他早上6点起来打《实况足球2020》（一款足球游戏），激战到下午累了，于是一觉睡去。如果不当作家，他觉得自己也许是一个书评人，或者足球解说员。不过，过去和现在都没有如果：曾经，他是化工厂工人、仓库管理员、广告公司策划……工种名单比较长。现在，他是一个小说家。将来？未知。

从2007年开始，路内陆续出版了《少年巴比伦》《追随她的旅程》《云中人》《天使堕落在哪里》《雾行者》等小说后，读者或许认为他就是“路小路”。即便不是，总归也是一个在世纪之交的城乡接合部游荡的少年。

蒋肖斌：小时候父母对你的职业期待是什么？你自己的理想呢？

路内：我小时候，是（20世纪）80年代，父母对我没太大期望，能够在国营企业里做个小干部大概就很不错。我对自己也没啥要求，喜欢看小说，当然就容易幻想成为作家；一度想做个游戏房的老板，拥有几台游戏机，能玩一辈子；还想过开舞厅，装潢得漂亮一点，每天穿着西装收门票，晚上也不用回家。

蒋肖斌：那时候对作家的想象是怎样的？

路内：80年代对作家的认知是高级、有地位。不过我也没那么高级的认知，就觉得写故事很有意思。到了90年代，你知道90年代的文学，很野的，那就不是高级了，而是牛了。再加上那会儿自己也二十多岁了，可以认识很多有趣的人，神神道道的、才子才女、穷鬼酒鬼，特别开心。

蒋肖斌：那时候的"文学青年"是什么样的？

路内：大家都很落魄，没什么钱，从事的职业也五花八门，做编辑的、做广告的，还有学生。当然和现在被污名化的"文艺青年"不是一个概念，"文学青年"还是愿意付出一点东西的。比如，你总得花时间去阅读吧，培养某种理解力，以及写作的技艺。

复杂一点来说，"文学青年"并不限于"文学"，而是对整体审美的重塑。现在把八九十年代讲得那么美好，也是不对的。其实那是个总体审美很差的年代，但有一部分人，他们想要分离出去。

蒋肖斌：你在小说中描写的人物，主要活动在20世纪90年代到21世纪初。和现在的少年相比，他们的悲欢有什么不同？

路内：那十几年里，互联网刚刚兴起。对于有志向的青年来说，个人和社会的驱动力是很明显的。因为信息不对称，也很容易显出一个人的特立独行。社会气氛混乱而自由，年轻人从底层慢慢爬起来，安身立命。当时的我相信努力了就能有口饭吃，那时候也有成功学，但很粗糙，赚100万（元）就是成功，不像现在，对腹肌都有要求。

其实呢，现在的年轻人，也没太大不同，前几年热钱很多，催生了一批创业者。我一直在想，如果让90年代的年轻人也拥有自媒体和5G，两者是不是没啥区别？可能与代际之间的差别相比，更大的差别仍在阶层和地域之间。

蒋肖斌：刘慈欣说自己在值班的时候没事干，写科幻小说；你之前也说过在化工厂上班，经常从工厂图书馆借书看。这种半自由状态，会更适合一个人的文学创作吗？

路内：我也值过班，在配电室里守着几十个、上百个电表。环境很好，配电室是管理重地，闲杂人不给进，很适合看书。它的坏处是完全不自由，而不是半自由，你无法离开那里，必须遵循它的时间管理。久而久之，人和社会是脱节的。也许写科幻可以，但写其他小说会有困难，因为缺乏经验。工厂也是这样，它是一个相对封闭的场所。

这个还是视作者气质而论吧，没有绝对适合所有写作者的场所，福克纳说最佳场所是夜总会——白天安静，写书；晚上热闹，出去见人。我就比较适合在家里写，在比较放松的环境下，应该是宅男气质了。

蒋肖斌：后来有一段时间你在重庆管仓库，这个环境适合写作吗？

路内：管仓库当然适合看书写作，但是出去玩更重要吧？相信我，一个人25岁的时候，他想的一定是出去玩。我的工作不是守着门不让人进，而是要负责押货，走公路线，重庆是其中一个站点，实际上仓库是由库区办公室看守的。

我很闲，到处晃。重庆，你知道没法骑自行车，但在1998年，重庆的公共汽车是可以招手叫停的，实在不行还能叫辆摩托车，可以到处玩。仓库一度就在川美边上，我当时最想做的事，就是结识几个女画家——她们都在街边吃米线。

蒋肖斌：你从事过很多职业，这些经验对写作有什么帮助？或者会有伤害吗？

路内：工作经验多，写一些人物和场景会更准确；但如果作者过度依赖自己的职业经验，那肯定是因为受的文学教育不够好。写小说和职业经验没有必然关系，作者总是宣称自己干过很多职业，是件不大入流的事儿……

一个现实主义的小说，牵涉很多人物。好多年前，出版《少年巴比伦》的时候，有人当面评价，“你这小说不就是写写自己的事吗”。我就很尴尬，说女主人公是虚构的，另外小说里还写了三四十个人物，总不能每个都是我自己吧？人家就很得意地追问：“那些人物都是真的吧？”我说，也是编的。然后大家就无语了。当然，现在的我不会如此笨拙地去回答这类问题了。我只能说，这种体验当然是有的，但并没那么热切地想写成小说。

蒋肖斌：作家把一个人物写得深入人心后，可能又想另起炉灶。这是因为一个人物可挖掘的故事是有限的，还是别的什么原因？

路内：我知道你讲的肯定是“追随三部曲”里的主人公路小路，

外加一个短篇集《十七岁的轻骑兵》，4本书也不是一下子写完的，中间还夹着好几个其他长篇。我最初不想那么快写完，倒不是出于人物和情节的考量，而是不想把小说语言写油了。反复用一种语言写小说，那个风格本身又很跳脱，容易把语言写坏掉。不过，回过头来想，这种搁置确实对我理解人物是有帮助的。我自己写的人物，我也得重新去理解他。

所谓"另起炉灶"也不是第一次了，反而在同一个人物身上反复写，可能会更难些，因为视野受限。自从董子健演过电影以后（董子健在由《少年巴比伦》改编的同名电影中饰演路小路），我很开心地对他说，"以后别人会喊你路小路，不会喊我了，太好了"。

蒋肖斌：你参加了匿名作家竞赛，作家是不是都会想隐匿自己已经成熟的一种写作风格？

路内：那时候正在写长篇，张悦然邀我参加。实际上《巨猿》那个短篇，是长篇《雾行者》里的一个分支，不过在时间线上有一点变化。那次比赛还有马伯庸的小说，也是换了风格，我根本猜不到是他的作品。

诚如纳博科夫所说，写作风格也只是一种说辞吧。它可能不像艺人的"风格"那么外现，但如果内化到作者的价值观和写作倾向，也就谈不上隐匿和转换了。比如像《雾行者》这本书，此前的写作方案是无法处理这个题材的，就得有更合适的办法，或是调性。我倾向于方案论。

有时也会遇到一种说辞，认为作者的处女作更单纯一些。这个我承认，早期作品可能是有这样那样的好，但一个作者写了七八本书，也不用假装自己很单纯了，把这些交给年轻人吧。而且这里包含一点幸存者偏差，也就是说，读者能看到的单纯的早期作品，实际上都是幸存者，其实大部分很糟糕。我20岁或者更早时候写的小说，都不敢拿出来。

蒋肖斌：写作改变了你的命运吗？

路内：当然，写作改变了我的世俗命运，这没什么好赖账的。从世俗的角度来说，我本来应该去开游戏房的。但是人的本体有否从中获得巨大的扭转，还是只轻微地被修正了一下，这需要时间来证明。

蒋肖斌：最近有什么正在努力去做的小事？

路内：正在调整作息，争取做到白天醒着、晚上睡觉。前两个月完全颠倒了，不是黑白颠倒，而是失去了时间感，一天能睡三次。虽然我平时也不出门，作息稍微混乱些，但也不至于像现在这样。我推断是因为快递停了，以前每天早晨、下午被快递喊醒，还是能调节一下生物钟。最近半个月，又开始写小说，就是写得慢一点。

蒋肖斌：你的新作是关于什么？

路内：还不能多说，是一个很怪异的人物传记体小说。

马原：结局好，一切都好

马 原

马原，1953年生于辽宁锦州，1982年毕业于辽宁大学中文系，曾任教于同济大学。

作为中国当代“先锋派”小说的代表作家之一，在当代文学史中占有重要地位。代表作有《冈底斯的诱惑》《西海的无帆船》《虚构》《纠缠》《牛鬼蛇神》《逃离》等。

我觉得像一片叶子，在时代洪流中顺流而下，是我人生的一种理想状态。

20世纪80年代，小说家是明星。马原最火的时候，在街上走着，会被路人突然拦住；去学校讲课，教室里人挤人，窗台上也“挂”满人；姑娘小伙追着喊着请他签名……几十年后再回忆，马原觉得那种状态并不正常，渐渐沉寂的文学才更合理。

现在，马原住在云南西双版纳南糯山姑娘寨，距离最近的“城”也有几十公里。他的大部分日常不是写作，而是生活，包括种地、养鸡、散步、扎篱笆……他建起了一个“九路马书院”，他说，这个山坡上的居住地，是绝对的世外桃源。

蒋肖斌：你现在每天的生活是怎样的？

马原：我一般早上6点醒，7点半一家三口去爬山，书院后面就是森林，每天都去森林里转一圈，来回大概5000步。书院比较大，光是整理就要花不少时间。比如这会儿，我正在和工人们一块儿把庭院里的落叶烧成草木灰。昨天晚上已经烧了一个多小时，今天早上到现在也烧了两个多小时，烧完后再放到菜地里做肥料。山上的生活挺寂寞，工人们经常炒我鱿鱼，有时候人都跑光了，就剩我和花姐（马原的妻子）两个人打理。

晚上吃完晚饭，有另一条散步路线，大概4000步。运动是我现在生活的一个主调，因为年龄大了，又有重疾在身，没有什么比健康更重要。我希望每天1万步的状态，还能尽量维持10年。

蒋肖斌：你有固定的写作时间吗？

马原：我原来是熬夜写作，因为当眼睛之外的空间都是黑的，台灯灯光就像舞台聚光，这时候想象力就会比较活跃。我以虚构写作为主，很看重能调动想象力的方法。

很多年以前，我就养成了一个习惯——集中时间写作。因为我写作需要助手，我口述，助手打字，我在70英寸的大屏幕上看。所以就得和助手商量，他有时间来书院住两三个月，我就可以完成一本书，其他时间我就不写。其实天天写对写作来说未必是好事，用海明威的话说，你不写也不去想写的内容的时候，你的潜意识就开始活跃。这样当你重新开始写作，内容就会比较鲜活。

蒋肖斌：住在远离人群的地方寂寞吗？对写作会有什么影响？

马原：有人认真问过我："别来虚的，别说那些冠冕堂皇的，你到底寂寞不寂寞、无聊不无聊？”我想了一下——我就没想过这个问题，没空。我有上百只鸡、鹅，有猫有狗，打理它们就需要很多时间。

但也有新的情况：因为我一直希望把我居住的南糯山姑娘寨推广到更大认知范围，所以有很多人慕名而来，要见“马老师”；也有人不认识我，但觉得书院建筑很漂亮，想进来溜达。一开始出于礼貌，我会接待，后来太多了……

我在作家中算写得比较少的。我不觉得写作状态在生活中有多么重要，还是生活本身更重要，所以我设定的个人格局更接近生活。写小说的人，会喜欢寂寞，主动寻找寂寞。因为写一本书，最短也要几个月，那这几个月就不希望被打扰。小说家耐寂寞的能力也比一般人强，有一次，我老婆带着儿子回海南老家，我一个人在书院，可享受了。

蒋肖斌：大学毕业后你在西藏当过多年记者，这段经历成为你不少小说的素材，现在你又定居在云南边陲。作家似乎总在地理的“边缘”写作？

马原：我是东北人，在西藏待了7年，两地无论在空间距离还是心理距离，甚至灵魂距离，都非常远。后来我又在上海、海南、西双版纳，东南西北都是在地理上的“边缘”。看上去似乎是我在努力寻求远离热闹、远离中心。但其实从我个人来讲，是因为我从小就信，“读万卷书，行万里路”。人要多走，走得多，途中风景也多，想象力也会被最大限度地激发。

蒋肖斌：你做过记者、编辑、小说家、教授、商人……你觉得做得最成功的是什么？

马原：从社会意义上说，肯定是小说家。但我也认为自己是一个成功的房地产开发商，虽然只断断续续做了两年，只参与了一个项目，但很多地产界大佬去参观了那个项目。

蒋肖斌：文学史家给你安上了“先锋作家”的头衔，而现在即便有新的小说家以新的叙述方式写作，为什么也不会再有这个称谓了？

马原：中国的文学在整个历史进程当中，革命创新的时候并不多。“先锋”其实是一种革命、一种创新，是一种对原有秩序的拆解和重构，我刚好赶上了那个历史阶段。过去的小说强调“文以载道”，要有明确的立场、观点；而新的小说——后来被称为“先锋小说”的，刚出来的时候，文字全都懂，但主旨是什么、意义是什么，大家一下子找不到阅读的方向。

先锋，首先是价值观方法论的革命，背后有强大的哲学作为支撑，然后才是审美的创新，我个人认为这是先锋小说最大的贡献。现在的小说也有叙述方式的花样翻新，但是没有新的哲学，没有那种彻底的拆解和重构。

蒋肖斌：“文章合为时而著”，小说需要贴合当下时代吗？

马原：这是文学两条并行不悖的路，彼此不交叉。在20世纪70年末80年代初，刘心武的小说很火。他更像一个敏锐的记者，能抓住社会痛点。时过境迁，现在看那些小说的人就少了，因为它只解决那个时代的社会问题。

我的小说从来没有特别火，但大家觉得马原也不太像一个几十年前的作家——我已经写了50年。我不是那种有很强时间性的作家，几十年后，我的书还可以被阅读，被重印，但每次也不印很多。

蒋肖斌：你认为你的小说一直吸引读者的是什么？

马原：大概是我一直关心小说的本质。我认为小说是人类生命悠闲阶段的一部分内容——首先你得有闲暇，读小说是一个打发时间的方式。就像“锦瑟无端五十弦，一弦一柱思华年”，这诗说啥呢，不知道说啥，也没有多少教育意义，但是它的节奏、它的构思、它的诗意，就在那儿。

作为读者，我就是想领受一种诗意、一种愉悦、一种倾尽其中。我一直不喜欢看那些弄得太深奥的，就像我一直认为意识流是小说历史上的一个大倒退，因为它在和读者为难。我也不喜欢宏大叙事，不做大时代中的弄潮儿。我觉得自己像一片叶子，在时代洪流中顺流而下，是我人生的一种理想状态。

蒋肖斌：作为小说家，你想创造一个怎样的世界？

马原：就是我的小说世界：诗意的、非功利的、人和自然交融的，充满传奇、充满想象……再不谦虚点说，就是我现在的生活。上山生活10年了，在一个童话一样的城堡中，人和自然那么近，众生平等，众生各有各的快乐、各有各的生存空间。

蒋肖斌：如果现在你是记者，你想问马原一个什么问题？再请你回答。

马原：我的问题是：你做记者，觉得这个问题很重要，但是回到你的生活中，你觉得这个问题还重要吗？

在生活中，你每天面对具体的问题时，比如要赴一个约会，堵车怎么办？坐地铁还是骑单车……会觉得这些具体的问题很重要。但我早就发现：所有着急去做的事情都不重要；只有那些不紧不慢但一直在做的事情才更重要，比如一日三餐。

30多岁的时候，我的老上司想提拔我“做官”，那时候我有一点任性，拒绝了。几年前，他又说，你看如果当初你接受，现在退休生活是不是会更好？我说，不对，你算你的账，我算我的账。我认为世界上最难受的事情就是开会，如果一天开两个会，一个会至少两个小时，那从我决定不“做官”的那天到现在是三十多年，我就少开了5万多个小时的会。结局好，一切都好，我有一个不开会的人生。

张炜：作家是“心灵之业”，要服从生命的冲动

张　炜

张炜，山东省栖霞市人。当代作家，中国作家协会副主席，1975年开始发表作品。

著有长篇小说《古船》《九月寓言》《刺猬歌》《外省书》《你在高原》等20余部，诗学专著多部，诗歌作品《不践约书》《铁与绸》等。作品被收录进入“百年百种优秀中国文学图书”、“世界华语小说百年百强”，曾获茅盾文学奖、中国出版政府奖、中华优秀出版物奖等。出版《张炜文集》50卷。近作《独药师》《我的原野盛宴》《寻找鱼王》《艾约堡秘史》等书获多种奖项。作品被译为英文、日文、法文、韩文、德文、俄文、西班牙文、瑞典文、意大利文、越南文等40余种文字。

挖空心思想着怎么去讨好读者，都是不适合写作的人。坚持写给有文学阅读能力的人，应该作为写作者的一条原则。

张炜小时候生活在山东海边，海边会有成片的防护林。那时候的孩子，在林子深处突然遇到一个老婆婆，会怀疑她是不是妖怪变的；遇到一个故意吓唬孩子的打鱼人或采药人，也会把他想象成一个闪化成人形的精灵——这种冒险的生活就是童年。

20世纪80年代以长篇小说《古船》轰动文坛的张炜，在2011年凭借《你在高原》获得茅盾文学奖。很多人觉得张炜就是写小说的，其实，他最早写的是诗，2020年年1月又出版了第一部非虚构作品《我的原野盛宴》。

“无数的童年故事已经被我稍加改变写进了作品里，但仍然有许多没有写过。”张炜说。

蒋肖斌：你之前以《古船》《你在高原》等小说广为读者所知，怎么写起了非虚构？

张炜：我们如果打开一个小说家的多卷文集，特别是全集，会发现这长达千万言中，真正属于小说这种体裁的往往不足一半。人到了一定年纪可能不再热衷于阅读虚构故事，除非是极其绝妙的虚构文字，对于一个写作者大概也是同理。

作家与一般的专业人士不同，这种心灵之业要服从生命的冲动。编织一般意义上的奇巧故事，这是他们年轻时候更愿意做的事情。当然，如果遇到更复杂的意蕴需要表达，如果除了虚构而不能为的时候，他还会搬动“小说”这种体裁。诸种文字之中，有话直说、朴实记述，常常是格外有力的。

蒋肖斌：《我的原野盛宴》中写了童年时在海边林野间的生活，现在回到故乡，你看到的是怎样的景象？

张炜：我不止一次描述和记录那片小平原上的蓊郁，已经是心头永远的绿荫，当失去它的时候，我的人生似乎就没有了遮罩和爱护。我记忆中的海边林子已经全部毁掉了，从20世纪四五十年代到现在，经过了一轮又一轮的砍伐，它们也就没了踪影。这是我的锥心之痛，也是胶莱河东部半岛上许多人的痛点。

那里60岁左右的人会给我们讲述以前的模样，从海边洁白的沙岸往南走10里或更远，都是大自然最珍贵的馈赠：细如白粉的沙原、沙原上面茂密的丛林；起伏的沙岭上是各种大树，每一棵的直径几乎都在50公分左右，它们的年龄比一般的老人还要大一倍以上，特别是高高的白杨和威武的橡树，给人的印象太深了……

小平原上的人似乎比过去多了一点钱，但大多数人还是过得很窘迫，远远算不上富裕。与几十年前相比，主要是多了几幢高楼、一些大烟囱。

蒋肖斌：故乡对你的写作有什么影响？

张炜：我们小时候，大人最担心的是怕我们走得太远，在林野里迷失，不小心被一些野物伤害。传说中林子里有妖怪，连小小的虫子都会害人，比如五颜六色的蜘蛛有的就有剧毒，甚至有一种带毒针的鱼能要人命，诱人的果子能让人昏迷……总之危厄太多了，不测之事难以历数。但也正因如此，大地才充满诱惑，才让孩子们上瘾和着魔。今天的孩子一天到晚待在屋里倒是安全了，可是这种局促的生活带来的是更大的危险：失去整个童年。

我以前讲过，我们一伙孩子甚至在林子里遇到了一个专门教我们干坏事的老头。林子大了什么鸟都有，老人也不一定全是慈祥的，这一位就是。他教我们怎样掀塌看瓜人的草铺，怎样捉弄老师，还具体指导我们怎样才能把女老师的大辫子剪下来且不被她发现。最奇怪的主意，是怎样对付一个凶巴巴的海上老大：那人平时在海滩上跑来跑去指挥拉网，穿了一条肥大的短裤；老人要我们捉一只刺猬，在那人猝不及防的时候迅速揪开他的短裤，把刺猬扔到他的裤裆里……

无数的故事已经被我稍加改编写进了作品里，但仍然有许多没有写过。

蒋肖斌：作家到了一定的人生阶段，是不是都会回望童年？

张炜：无论怎样的童年，都是人生的黄金。苦难的童年并不鲜见，即便如此，人们也会珍惜之至。那是青春的前期，是生命之初，是最值得痛惜的幼稚期和出发期。20世纪四五十年代出生的人和现在的孩子相比，二者在接触大自然的深度上有很大区别。

20世纪中期或更早以前的孩子，仍然拥有大量的野外时光，鲁迅即便进了三味书屋，也还是能找到一个趣味盎然的百草园。野外的一切给予人的营养之丰富、之有机，远不是书本和课堂所能比拟和代替的。在林野里，你会遇到各种各样意想不到的奇迹：人、动植物、溪水河流、风雪、流星银河、翩翩而至的大鸟、踏着小碎步溜溜跑来的一只狐狸……可谓不期而遇。

现在的孩子功课太多，除了课堂上的紧张学习，还有课后作业和各种课外辅导班，就此踏入人生的竞争之路，接下去几乎不再有喘息的机会，这样直到60岁甚至更晚之后才会稍有缓解，就是所谓的退休了。在这条奇怪的生命流水线上，一个人是不能按照自己的心愿行事的，自己是停不下来的。

俄罗斯作家契诃夫很小的时候，要在父亲的小杂货铺柜台后面接待顾客，几乎不能离开半步。所以回忆那段日子时，他说了一句令人心碎的话：“我没有童年。”这种拘束的童年在他看来不是好不好的问题，而直接是没有，是被取消。

如今，被“取消”童年的不是某一个孩子，而是太多太多的孩子，这是一种不可原谅的大面积的残忍。没有童年的族群会成为一个畸形的群体，他们不会有出色的创造力，也不会有足够的判断力；失去了大自然的养育与呵护，在心理方面也会造成不可修复的残缺。

蒋肖斌：从1975年开始发表诗，1980年开始发表小说，你如何评价自己几十年的写作生涯？

张炜：诗是最让人迷恋的，可惜这不是轻易就可以染指的。写作者容易想象自己是一个极有才华的诗人，然后纵横涂抹起来，再然后就失望地退下场来。我40多年里没有停止写诗，可见并不想退场。但这并不意味着自己就一定能写出好诗，而且连一点可怜的虚荣心都难以满足。

我也一直在写所谓的“儿童文学”，写给孩子们，因为纯真和天真的心情要时时验证，巩固并保证它的存在，这是文学的某种基础。我以前有过一个比喻，说“儿童文学”是整个文学的“开关”——只有按开它，自己这座文学大厦才能变得灯火通明。

蒋肖斌：传统作家凭借什么来吸引年轻一代的读者？

张炜：文学都是“传统”的，是一条延续下来的河流或道路，割断了这种联系的写作者是没有的。所以，文学写作没有传统和非传统这样的区别，只有优劣之分。杰出的文学必须具有强烈的现代性，必须是先锋的。

杰出的文学不是用来吸引所有读者的，不管他是不是年轻。杰出的文学能够吸引读者，但这需要读者具备文学阅读能力。凡是被没有文学阅读能力的人围上去看的所谓文学作品，是没有多少意义的。

是否拥有文学阅读能力，不是以受教育程度、更不是以年龄来划分的。那些对诗意迟钝、对审美没有什么感悟的人，在博士或大学者那里也并不罕见；而在刚能读懂一些句子的少年那里，发现一个敏锐的感受者就更不罕见了。

有大魅力的写作者太少了，主要原因大半就是太迁就一般读者。作家最容易犯的错误，就是低估读者。挖空心思想着怎么去讨好读者，都是不适合写作的人。坚持写给有文学阅读能力的人，应该作为写作者的一条原则。有时候为了市场，为了卖书，不得不迁就一些根本不懂的人，就糟了。

蒋肖斌：像《你在高原》这样长达450余万字的作品，是否还适合大众阅读？

张炜：现在就阅读来讲有两个痛苦，一方面是书太多、信息太多，选择成为问题，而且日常生活常常受到它们的干扰，令人心烦不已；另一方面是有魅力的读物又太少了，以致我们要到处打听哪里才有这样的书，时间就在寻觅中白白流逝了，真是可惜。

有人说不是有经典吗，读经典就是了，还用找吗？是的，经典总是用来满足一部分人的，或者说是满足某一个时间段的。但我们作为一个生命是流动的，在一个合适的时间里遇到合适的经典，才会发生奇妙的共振。

所以有些问题的答案非常简单：真正意义上的好书越长越好。在许多人的阅读经验里，都害怕好书早早结束。写出长长的好书，是所有作家的梦想。写出一个精粹的短篇也很好，但这种短篇累加起来最好也要多一点，不然读者会等不及，作者也会空荡荡的。

蒋肖斌：你最近在读什么书？

张炜：我最近遇到一个写作的人，二三十岁的时候读外国书更多；四五十岁就更多读中国书；五六十岁的时候不停地读两种书：古代诗文和一些有名的传记。小说读得越来越少，可一旦遇到好作家，会一口气把他的全部作品，最好是全集都搬到家里，然后开始长长的享受。我明白，这是一个真正会读书的人，一个少见的大读者。

我学习这个人，把苏东坡全集好好享受了一段时间，又把李白、杜甫和陶渊明他们的全集搬到了案头。

刘庆邦：请不要叫我“短篇小说之王”

刘庆邦

刘庆邦，1951年12月生于河南沈丘农村，当过农民、矿工和记者。1990年加入中国作家协会，为中国煤矿作家协会名誉主席，北京作家协会原副主席，一级作家，享受国务院特殊津贴专家，北京市第十、十一、十二届政协委员，中国作家协会第五、六、七、八、九届全国委员会委员。

著有长篇小说《断层》《远方诗意》《平原上的歌谣》《红煤》《遍地月光》《黑白男女》《女工绘》《花灯调》等14部，中短篇小说集、散文集《走窑汉》《梅妞放羊》《遍地白花》《响器》《黄花绣》《到处有道》等70余部，《刘庆邦短篇小说编年》12卷。

短篇小说《鞋》获第二届鲁迅文学奖；中篇小说《神木》《哑炮》获第二届和第四届老舍文学奖；长篇小说《黑白男女》获首届吴承恩长篇小说奖；长篇小说《家长》获第二届南丁文学奖；长篇散文《陪护母亲日记》获第二届孙犁散文奖。曾获北京市首届“德艺双馨”称号，首届林斤澜杰出短篇小说作家奖，第十届冰心散文奖。根据其小说《神木》改编的电影《盲井》，获第53届柏林电影艺术节银熊奖。

多篇作品被译为英文、法文、日文、俄文、德文、意大利文、西班牙文、韩文、越南文、罗马尼亚文等，出版有10部外文作品集。

家长给孩子起名字的时候，费的都是那短篇的心思，两三个字的名字，有的是世俗的、有的是功利的、有的是不明确的。

作家刘庆邦的名字总是和两个关键词联系在一起，一是“煤矿”，二是“短篇”。

前者是因为他在煤矿工作多年，真真切切下过井挖过矿，著有多部煤矿题材的小说，仅长篇——2020年由作家出版社出版的《女工绘》，就是第四部。据说有句顺口溜，“在陕北提路遥有人管你饭吃，到煤矿提刘庆邦有人管你酒喝”。

刘庆邦被称为“短篇小说之王”，迄今写了300多篇、300多万字的短篇小说。但对这个称呼，他特别澄清：“有一次出去开会，他们这么说我，我很尴尬，甚至觉得不太舒服，就一直想给自己‘摘帽’，但是好像很难，所以最近琢磨着准备写一篇文章来说明。哪有王？文无第一武无第二，写短篇小说好的人很多，不可以称王。”

这个喜欢骑着一辆旧自行车出门买菜的作家，年近70岁，还是每天都在写作。“据说煤埋藏得越深，杂质就越少，煤质就越纯粹，发热量和光明度就越高。我希望我的小说也是这样。”

蒋肖斌：你有多部作品写煤矿，最为大众熟悉的是被改编为电影《盲井》的《神木》。但女工在矿场是少数人，这次为什么想到为她们写一部小说？

刘庆邦：对写作，我还是愿意写自己最深切的生命体验。刚开始时，会写最重要的体验，写了这么多年，（女工）这一块也是让我刻骨铭心的，所以我一定要写出来。

女工确实是煤矿工人中的极少数，100个（工人）中有10个（女工）就算很不错了。因为稀少，她们就成为矿上更受人瞩目的焦点，是矿工生活中非常重要的一部分。记得当时矿上成立宣传队，吸收了好多女工来兼职参加。我也正好在宣传队，所以与这些女工有一些交集。现在终于有机会把她们写出来，也是埋在心中很久的一段炽热情感。

蒋肖斌：当年有哪个女工让你念念不忘吗？

刘庆邦：就是《女工绘》中贯穿始终的主人公华春堂。让我难忘的除了她很聪明、特别通透，更因为她年纪轻轻就突然出车祸去世了，让人难以接受。在真实的故事中，那天刚好是五一劳动节，大家都放假了，她去世了，对我的情感冲击非常大。几十年过去了，每次一到五一，我们都会想起她。

我早年写过一个短篇《躲不开悲剧》，就讲了这个故事。但短篇容量很有限，不足以表达我的心意和情感，所以现在把它写成了一个长篇。以华春堂为线索，串起了十几个女工，但最让我念念不忘的还是她。

蒋肖斌：听说你有多年煤矿工作经历，除了题材，还对你的写作产生了哪些影响？

刘庆邦：我的第一部短篇、第一部中篇、第一部长篇，都是煤矿题材，从开始写小说到现在，每年都有写煤矿题材的作品。

这段经历对我的人生来说是一个很大的转变。1967年初中毕业后，我成了回乡知青，当农民，什么活儿都干过，觉得工作非常繁重；1970年到河南新密的煤矿工作，一下井才知道，和农民比起来，矿工的劳动更重更累。矿工是真正的底层，不仅是物理层面身处底层，而且当时的工作环境，生命也时刻受到威胁。矿工生活对我的冲击很大。矿工的现实，代表了中国的现实，特别是底层劳动人民的现实。我一直到现在还跟煤矿保持着比较紧密的联系，有时间就去矿上看看。

煤矿还有一个特点，就是矿工在井下身处一个特别黑暗的境地，就特别向往光明。在所有的劳动群体中，对光明的向往是矿工一个非常大的心理特点。所以我在写作的时候，尽量去表现黑暗中的光亮，他们需要光明和希望。

蒋肖斌：你小时候有什么理想吗？

刘庆邦：小时候最大的理想是吃饱饭。1960年我9岁，赶上三年自然灾害，饿成了一个大头细脖子大肚子的样子，成天想着什么时候能有一篮子馍随便吃还能拿，就不错了。

蒋肖斌：有没有想过长大后要干什么？

刘庆邦：中学毕业后一个很大的理想是要走出去，从那个村子走出去。1970年，煤矿来招工，几个大队只有一个指标，我抓住了这个机会；到了煤矿，最初就是普通矿工，下井采煤，后来因为喜欢写东西，就开始写通讯报道；1978年调到北京，在当时的煤炭工业部做编辑记者；再后来，就走上了专职的写作道路。

蒋肖斌：你会更喜欢写短篇小说吗？

刘庆邦：长篇、中篇、短篇，各有各的任务，各有各的承载。长篇小说一个很主要的特点是要承载历史，而短篇更多的是写一个景观、一个光点、一种情绪、一段感情。我既喜欢短篇，也喜欢长篇，就像我既喜欢大海，也喜欢瀑布，一样的道理。《女工绘》写完后，今年（2020年）我就没有再写长篇，但已经写了10个短篇，仅7月就发表了5个。

蒋肖斌：普通读者对短篇小说的关注度似乎没有像对长篇小说那么高？

刘庆邦：我对短篇小说一直抱着很乐观的态度。从数量看，全国文学刊物短篇的刊发量是最大的，而且不断有让你眼前一亮的作品涌现；从时代看，现在其实更适合大家读短篇，生活节奏那么紧张，看一个短篇不用花你太多时间，应该是短篇受欢迎的时候了。

我想提醒大家，不要忽略短篇，一般写作训练就是从短篇开始的。我说过，其实每个人都是作家。比如，家长给孩子起名字的时候，费的都是那短篇的心思，两三个字的名字，有的是世俗的、有的是功利的、有的是不明确的。现在流行的微信朋友圈，也像短篇，有故事有情节。但短篇小说比较难写，这是真的。

蒋肖斌：你觉得写小说最重要的是什么？

刘庆邦：短篇小说在语言上特别讲究，练好了再写别的，语言应该不会差；语言好了，不论写什么都不会差，而语言不好，等于一个作者没有看家本领。

但小说最重要的还是情感。评价一个小说，首先看情感是不是真挚的，是不是饱满的，是不是动人的。任何一种文学艺术作品，都是出于表达情感的需要，在各种审美要素当中，都是以情感为中心。当然，没有经过思想整理的情感可能是肤浅和苍白的，所以情感要很好地和思想相结合，但最重要的仍然是情感。一部好的小说首先要能感动人，用你的心去碰读者的心，感动之后才是回味思索，思想是藏在情感后面的。

蒋肖斌：你最喜欢的现代作家是谁？

刘庆邦：沈从文。20世纪80年代，沈从文一点也不火，朋友跟我推荐我才知道，跑到王府井书店买他的书，刚好三联书店出了一套他的文集，一套12本还剩9本，我一下子全买了回来。

我一直想去拜访他，又怕打扰，很遗憾直到先生去世了也没有见过。鲁迅先生更具思想性，而沈从文更重感情，他的小说让人感觉很美。有时候我们思想可能达不到那种深刻的程度，但能体会到那种美。

蒋肖斌：你现在还每天写作吗？

刘庆邦：我每天早晨4点起床开始写，写到6点，然后出去散散步，回来接着写，下午一般就不写了，晚上就更不写了，八九点早早睡觉。老婆说我是个老农民，日出而作日落而息。

岁数大了，会有一种紧迫感，想多写一些东西。对我来说，写作不仅是一种精神需要，还是一种生理需要。写作是我锻炼身体的一种方式，写的时候要给大脑供氧，会加快血液循环，我觉得对身体有好处，像在练内功。

陈彦：我也是个装台人

陈　彦

陈彦，陕西镇安人，当代作家、剧作家，中国作家协会副主席。

创作《迟开的玫瑰》《大树西迁》等戏剧作品数十部，三次获曹禺戏剧文学奖。创作长篇电视剧《大树小树》，获飞天奖。出版有散文集《边走边看》《必须抵达》《说秦腔》《天才的背影》《陈彦散文选》《陈彦词作选》等。著有长篇小说《西京故事》《装台》《主角》《喜剧》《星空与半棵树》，出版《陈彦文集》20卷。《装台》获首届吴承恩长篇小说奖，入选“新中国70年70部长篇小说典藏”。《主角》获第三届施耐庵文学奖，第十届茅盾文学奖。多部作品被译介到海外。

装台也是一种隐喻，人生也可以归纳成两个状态：一个是自己替别人装台，别人唱主角；一个是自己唱主角，让别人给自己装台。人们相互搭台，无非就是舞台大小和角儿大小不同。

十几岁就喜欢的写作，是陈彦“最无悔”的选择，一头扎进去，再也没有出来过。17岁，还在县城生活的他，第一次在《陕西日报》发表散文，又在《陕西工人文艺》发表了一篇短篇小说。看到作品变成铅字，陈彦非常激动，一度觉得“整个县城的人都在关注我”。

多年以后，不仅是县城，全国各地很多人可能都在关注陈彦：他的长篇小说《主角》在2019年获得第十届茅盾文学奖；2020年，由他小说改编的同名电视剧《装台》获得收视和口碑双赢。

最开始写作，就是想发表；渐渐地，是自己想说点什么。陈彦说，既然活在这个世界，就想对这个世界发出自己的声音。

蒋肖斌：电视剧《装台》热播，让很多观众第一次知道有这样一个工种。你在剧团待过几十年，对哪个工种最感兴趣？

陈彦：那还是编剧，能够把很多思考融入一个剧里，用一些独特的方式表达出来。但我很早就和装台工熟悉，随着戏剧舞台越来越复杂，本团的人完成不了装台的工作，就要雇人。一开始雇一些农民工，请他们做搬运等一些基础性工作，渐渐地，雇用的人越来越多，也包含了一些技术活，也有了团队，《装台》中的刁顺子就是这样一个工头。

一开始关注装台工，是因为写一个舞台剧《西京故事》，讲的是农民工进城后遭遇的生活挫折、心灵煎熬，以及他们在困顿中的奋进。写完舞台剧，感觉很多东西没有完成，就写了一个50万字的同名小说——还是意犹未尽。

这时，刚好我从剧院调离，跳出去后再看，越来越感觉到农民工在社会大厦建设工程中的作用和意义——却往往被忽略，就用了两年时间来写《装台》。《装台》中写到三次蚂蚁搬家，蚂蚁们顶着比自己身躯还要大得多的东西爬行，我也努力想写出底层人的悲苦和奋斗。

蒋肖斌：电视剧比小说的色调更温暖一些，你觉得影视和文学对观众或读者而言，承担的功能有什么不同？

陈彦：文学总体来说是艺术的母体，影视剧在改编过程中，会受到外部条件比如市场、观众喜好等的牵引，会有不同的走向。《装台》改编成电视剧后，更温暖，观众接受起来也比较愉悦，这是按照电视剧的创作规律进行的。

从某种角度来说，文学和影视承担的功能既相同也不同：相同的，都是引领社会的真善美；不同的，可能文学的处理方式会更丰富、多侧面，但这在影视剧呈现中也许会带来歧义，所以影视剧会更简洁、清晰一些。

蒋肖斌：一部《主角》一部《装台》，一个台上一个台下，写的时候会有什么不同？

陈彦：先写的《装台》，后写的《主角》。《装台》故事的延续时间是十几年，《主角》则是从改革开放到现在的40年。如果写《装台》仅仅写装台工，意义不大，同样地，《主角》也不仅仅写舞台上的主角，而是通过这么一个形象、一群人物，对作家自己长时间以来的社会阅历——包括所认识的世界——的艺术建构。

蒋肖斌：听说在创作过程中，你会花很多时间去体验生活？

陈彦：如果写舞台，说实话我太熟悉了。我在里面浸泡了几十年，不是体验生活，这就是我的生活，我本身是其中一员。当然有时候，我也会刻意去接近一些人物。写《西京故事》时，我经常到单位对面的劳务市场，还深入周边农民工居住的村子，和农民工聊天，下了一番功夫。

我有一个观点，写作时，如果你对一个东西不熟悉，下笔的时候就没有游刃有余的感觉；反之，则会下笔如有神，还可能有神来之笔——这需要你对生活有提炼能力、概括能力，当你沉浸其中再跳出来，越看越清晰，感受到生活的别样意味，写的东西就可能是最好的。

蒋肖斌：你觉得自己属于舞台的哪个位置？

陈彦：我有时候像编剧，有时候像导演，有时候可能也像装台工。

蒋肖斌：怎么理解像“装台工”？

陈彦：我把我心中所认识的戏剧、舞台、人物，以及周遭环境，都装起来、建构起来。戏剧本身就是社会的产物，无论古今中外，都应该是文学艺术比较早期的一种创造形式，裹挟的历史和社会信息比较丰沛。把戏剧放到今天大的社会背景下，去透视它，又通过戏剧这个窗口，去看社会的沧桑巨变，这里面很有味道。

装台也是一种隐喻。人生也可以归纳成两个状态：一个是自己替别人装台，别人唱主角；一个是自己唱主角，让别人给自己装台。人们相互搭台，无非就是舞台大小和角儿大小不同。

蒋肖斌：如果接下来还写舞台，你想写什么？

陈彦：其实已经完成了，一部长篇小说《喜剧》，大概今年（2021年）春天出版，写的是关于小丑，在舞台上演小丑的父子三人的人生。

蒋肖斌：在工作之余，你喜欢做什么？

陈彦：我是一个生活比较简单的人，不喝酒、不太参与应酬，上班的时候好好上班，下班以后读书写作。其实一个人如果减少了应酬，就有大把的时间读书、做事。有些东西看着热闹，有时候非常痛苦且浪费时间。

蒋肖斌：小时候读过的第一本让你记住的书是什么？

陈彦：我小时候生活在商洛的山里，家里没有多少书，印象中看的第一本比较“大”的书是《高玉宝》，当时我大概10岁。等到了十几二十岁，开始从事文学创作，当时最盛行的是俄罗斯文学，托尔斯泰的、屠格涅夫的、果戈理的、普希金的，还有法国巴尔扎克的、雨果的，都看过，阅读量很大，读得很疯狂。

在县城一个单位工作时，住在宿舍，床上靠墙码着半人高的书，晚上就睡在书堆边。每一本书都认真看，还在上面画各种杠杠、做笔记。

蒋肖斌：哪本书对你的影响最大？

陈彦：这是一个综合性的东西，一段时间我喜欢看西方文学，一段时间又喜欢看中国文学，有时候是现实主义，有时候是先锋小说，有时是历史，有时是哲学，有时还会大量关注天文学。但自从我喜欢文学，一直就没有改变。我始终觉得，人一辈子要死死守住的，就是自己所喜欢的东西，就像福克纳守住了他的约克纳帕塔法。

在今天这个时代，诱惑很多，尤其对年轻人来说，有各种速成法、厚黑学，教你怎样以最小的投入获取最大的回报，听着有道理，但真的没道理。所有事情都是一步一步去扎扎实实打下去的，打到最后可能做出一点事情，但打不到最后一定不行。

蒋肖斌：几十年来没有过想放弃的一刻吗？

陈彦：真没有，几十年来工作单位、职务都在变，但始终没有放弃创作。没有创作，工作之余我干啥？不过我一直有个主张——作家不要当专业作家，这可能会固化自己的圈子和认知，不免影响创作。作家深入生活的方式是多样的，其中一种就是你本身就在现场，这可能对写作会更好。

蒋肖斌：最近手头正在看什么书？

陈彦：英国作家拜厄特的《巴别塔》，写的是一个女性在事业与婚姻、自由与限制之间的痛苦与挣扎。这是一个非常沉重的女性话题，作家写得很独特，会提到此前一些经典的关于女性的小说，比如《包法利夫人》《查特莱夫人的情人》等。作家跳开了小说的情感走向，有时候会非常理性地夹杂评论体、书信体和法庭审讯词，探讨女性到底是要做自由的主人、还是进入自由受到限制的家庭生活，如何挣脱，挣脱之后又带来别的伤害等。

蒋肖斌：你的作品中的女性形象是怎样的？

陈彦：比较中性。性别只是大自然的一种分别，生命是千差万别的，有的可能专注事业，有的可能献身家庭，很复杂，最重要的是女性自己的生命感受，她到底想要什么。其实男性也是如此，到底想要怎样的活法。

陈彦：永远怀念25岁前在乡村城镇的生命实践

仰望星空与脚踏实地本身就是哲学的两面，仰望星空正是为了更好地脚踏实地。

小说的开头是一幕来自猫头鹰视角的舞台剧，它目睹了一棵长在两家地畔子中间的百年老树被连根挖起，随即被贩卖到都市，不知去向……著名作家陈彦新作《星空与半棵树》的故事，由此开始。

作为拥有半棵树产权的温如风，踏上了寻找自尊与公义的道路；而热爱观测星空的小镇公务员安北斗，被安排了“观照”温如风的工作。在一场巨大的时代变革与演进中，我们既仰望星空，又努力去倾听小人物的诉说。

从舞台到更大的“舞台”，从“舞台三部曲”到《星空与半棵树》，陈彦说，在写《喜剧》的过程中，就已经萌发了《星空与半棵树》的写作欲念，这个“转向”是自然发生的。“一切从生活出发，也努力表达着理想主义、浪漫主义、生态主义与象征主义的情愫。”陈彦说。

蒋肖斌：你的创作有了一个怎样的转向？

陈彦：《星空与半棵树》是有别于“舞台三部曲”的一个新长篇，有别指的是它所用的材料和叙述的方法有别。《装台》《主角》《喜剧》是从舞台人生的角度，拉开社会的更多面向，看似聚焦演艺人生，其实也是在讲述人间百态。而《星空与半棵树》是从乡村、城镇、都市，农民、公务员、职员，家庭、家族、婚姻、爱情，科学、自然、经济、社会等多个层面，去打开一个丰富的现实世界，充分展示我所想书写的广阔的现实人生。

蒋肖斌：从某种程度来说，《星空与半棵树》无论从标题还是内容，都是“仰望星空”与“脚踏实地”的结合。当你听说半棵树的故事后，为什么想到和星空一起写？“半棵树”与“星空”的象征意义是什么？

陈彦：是的，仰望星空与脚踏实地本身就是哲学的两面，仰望星空正是为了更好地脚踏实地，而要做好脚踏实地，又必须仰望星空，从而找到脚踏实地的理由，否则，脚踏实地可能会踏得毫无价值。只有辽阔的视野与较高开放度的思维，才可能养护好我们的脚踏实地。

当我第一次听到由半棵树归属权所引发的一连串矛盾时，脑子中立即出现了一个十分微末的东西与一个十分博大的东西之间的辩证关系，二者的对照所打开的是十分广阔的现实和精神空间。如果眼光只停留在半棵树上，小说可能写得很窄、很小、很闭锁，也就毫无意义。

无论“星空”还是“半棵树”，都是在努力洞穿人与自然、人与人际、人与自身的复杂结构与精神隐秘。“半棵树”与“星空”，其自身就象征着小与大、窄与宽、薄与厚、轻与重，夏虫、山泉与雷鸣、惊涛之间的复杂而辩证的诸种关系。而在这些关系中，蕴藏着理解人在宇宙中的地位的隐秘通道。

蒋肖斌：安北斗迷恋星空，温如风为“半棵树”的权利问题诉求不歇，如何理解他俩最终“殊途同归”？

陈彦：温如风是一个勤劳的农民，他爱家庭、爱老婆、爱孩子，风里来雨里去，就是为了过好小康人家的生活。他也是一个有文化的农民，他的小康生活包括做人的尊严，是个面子和里子都要的人。因此，他就显得“轴”一些，在半棵树的权属上有点分寸不让的感觉。

可话又说回来，面对孙铁锤这样的村霸，没有温如风这样的“一根筋”也不行。公平、公道、正义是需要有人去呼唤的，温如风就是那个死不回头的呼唤者。可能有点讨厌，但他有自己的逻辑与道理。

安北斗始终就为他的“半棵树”所有权“耽误着青春”，俩人是同学，又是“猫抓老鼠”的“对手”，但其本质属性仍是殊途同归的“道友”——在维护公平、公正和人的尊严上，他们身份不同，处境也异，但观念是相通的。安北斗情愿放弃自己的前途守护温如风，体现的正是作为基层公务员的责任担当。

蒋肖斌：小说中安北斗、南归雁是基层公务员，可以看见他们的不易、无奈与坚守。现在有大量大学生正走向基层，他们也许有着同样的志向和同样的迷茫，你对他们有什么想说的吗？

陈彦：安北斗是最基层的一个小公务员，他在上大学时爱上了天文学，喜欢仰望星空。他所工作的小镇，由于远离城市，也的确是一个十分有利的星空观测点。因此，他始终没有丢弃这个爱好，并且还在浩瀚星空中，希望发现一颗属于自己的小行星，以及拥有命名权，这是他仰望星空的巨大抱负与理想。

然而，脚下要做的具体工作又充满了鸡毛蒜皮的乡土与灶火气。地上的事都没搞明白，还仰望什么星空？这甚至遭到了包括他老婆在内的诸多世俗的嘲弄与唾弃。小老百姓温如风半棵树的权利追诉问题，又让他全面负责。理想与现实、脚下与远方的浓烈诗意与厚重生活，便交织出无尽的浪漫、无助、焦灼，甚至荒诞，可他又始终坚韧地维护着一个小老百姓利益诉求的上达通道。

南归雁也是一个基层公务员，他怀揣巨大抱负，力图有所作为，想把一个镇“点亮起来”，开发旅游，但事与愿违，想干事反倒没有干成事，最终在反复试错中获得生命与精神的螺旋式上升。当他重新归来时，星空与半棵树的启示，让他对脚下的土地有了更加实际的把握，也有了发展生态旅游的新思考和新选择。这是一个善于思考、善于总结、奋发有为、不畏艰难、与时俱进且最终有所作为的青年干部形象。

基层是最锻炼人的地方。一个有志于投身时代和社会事业的人，应该了解中国社会基层，那里能获得漂浮在上面永远也获得不了的东西。我永远怀念自己25岁前在乡村、城镇的生命实践与记忆。

蒋肖斌：书中有许多关于星空/宇宙的知识，你是一个天文爱好者吗？你从星空中获得了什么？

陈彦：我算是一个天文爱好者。天文学的根本是观测，科学的根本是实验。仰望星空其实就是观测。人类由对星空的好奇与观测，知道了自己渺小的方位，从而也知道了宇宙的无边无岸，并从恒星、行星、太阳系、银河系这样一些无穷大的构造中，懂得了万有引力、相互作用、相互制衡、彼此成就也彼此吞噬的秘密。

我们处在浩瀚宇宙看来可以忽略不计的一颗小星球上，也可以说是一粒微尘上，要懂得敬畏自然，也要庆幸我们的生命来之不易。就人类的观测看，还没有发现地球以外的生命迹象。因此，人，是最可宝贵的生命。文学刚好就是写人的，我们从星空中获得的一切信息，说到底，都是为人类服务的，服务今天，更服务未来。

蒋肖斌：舞台是你工作了几十年的地方，非常熟悉，那对于《星空与半棵树》的发生地点、各色人物，你的个人经验是什么？

陈彦：那仍是我非常熟悉的一块领地。我的童年、少年和青年时期，一直与农村与小城镇有着千丝万缕的联系。后来即使在大都市工作，也时常会行走在乡间的田埂上。那里有我的亲人，更有我时常想回望的生活。加之在文艺团体做编剧、搞管理时，几乎走遍了大西北的山山水水，那里的"星空与半棵树"的诸多意象，都牵绊着我的内心，让一个写作者有无尽的景色想描绘，有荒凉的，也有斑斓的；更有无尽的故事想讲述，有悲催的，也有奋进的，是一种不吐不快的感觉。

蒋肖斌：书中有一个特别醒目的小动物——猫头鹰，为什么选择以它的视角来叙述故事？

陈彦：这部小说除了写现实的人际关系，还写了很多人与自然的关系。自然是一个非常大的概念，星空是自然，山川草泽是自然，动物也是自然。地球上有大约150万种动物，其中许多具有灵性，比如我们说的蛇、猴子、乌龟等，也包括猫头鹰。我小时候老听大人讲，"夜猫子叫，准没好事"，因此对这个动物记忆深刻——它不是个好鸟，一叫就会把一个人的魂魄叫走，准死人。

我一直想写写猫头鹰，这次《星空与半棵树》刚好大量涉及自然生态，猫头鹰的叫声，以及猫头鹰"痛失家园"的惨惨戚戚、唠唠叨叨，便有了意味。它与小说是互补的关系，也是"点穴"的关系。它企图与人类就自然问题、哲学问题开展对话，但人类都讨厌它的"烂嘴"。

另外，猫头鹰的眼睛在白天什么都看不见，到了夜晚又特别亮；

再加上它的脖子能够旋转270度左右，几乎可以看到360度全景，它的观察就显得特别有象征意义。它不吉祥，人人见了都想驱赶，但它还是要叫，要发出有关死亡与不祥的警示。

小说里写人与动物的生命沟通，甚至转化，吴承恩、蒲松龄、卡夫卡们早就干过了。我们不过是对优秀小说传统的继承而已。《星空与半棵树》里的猫头鹰一直在寻找与人类的沟通方式，它要不是“二级保护动物”，可能早被打死一百回了。

蒋肖斌：乡村是当代小说的富矿，但越来越多的人离开了乡村，小说对乡村书写有什么变化？现在年轻读者也许对乡村已经陌生，这部小说对他们来说的阅读价值是什么？

陈彦：中国农村现在的确发生了翻天覆地的变化：一方面，城镇化让人口正在朝生活条件相对便利的地方集中；另一方面，随着乡村振兴的进一步发展，生态旅游蓬勃兴起，很多人也正在向自然生态的青山绿水回归。这个过程自然会发生各种阵痛、乡愁和新的希望愿景。

而文学恰恰有宽阔视角，有艺术表达的丰富性。我从来不觉得书写乡村或城市会成为小说阅读的障碍，关键在于对命运与人性的深度开掘，是不是一个生命对于另一个生命或一群生命有启示意义。

流落到荒岛上的鲁滨孙，所展开的生活面向，到底是海洋题材、猎人题材、手工业题材，还是农耕题材，都不重要，重要的是一个人面临困境时的内心搏斗与期望。文学终归是人的学问。作家写出了一类人的生活和命运，会使更多人从中获得相通的情感和精神共鸣。文学的魅力，也正在这里。

梁晓声：我不信“他人皆地狱”，这使我活得不狡猾

梁晓声

梁晓声，当代著名作家、编剧，北京语言大学人文学院教授。

以《今夜有暴风雪》《这是一片神奇的土地》《雪城》《年轮》等一系列作品成为“知青文学”的代表人物。长篇小说《人世间》获第十届茅盾文学奖。

我理解作家是写“他者”，不是写自己的，不需要用文学来炫耀自己的才华。

你信命吗？原生家庭是“命”吗？你相信奋斗能够改变命运吗？大千世界中，我们该怎么安放自己，才能与命运和解？如果注定一生平凡，我们该怎么办……

这是梁晓声在最近出版的长篇小说《我和我的命》中，借助书中几位女性发出的疑问。这也是他获得茅盾文学奖后的第一部新长篇，写的依然是平民的人间正道。小说中说，人有“三命”：一是父母给的、原生家庭给的，叫“天命”；二是由自己生活经历决定的，叫“实命”；三是文化给的，叫“自修命”。命运不可违拗，但人的奋斗仍有改变命运的强大力量。

从写知青小说开始，梁晓声就是行动派、奋斗派，也是冷静派。他总是在小说中写普通人与时代的关系，也总是能够在云谲波诡的时代变迁中为“人”的尊严刻下最伟岸的身影。他说：“我不信世上会有君子国，这使我活得不矫情；我不信‘他人皆地狱’，这使我活得不狡猾。”

梁晓声说，作家永远写的是“他者”，于是也就成了时代的书记员。年过七旬的他正在有准备地退场，他的笔下已经记录了一个时代。

蒋肖斌：你写一个“80后”女性的成长故事，为什么选择用第一人称？会不会有性别和年龄带来的“代沟”？

梁晓声：我经常用第一人称写作，像之前的短篇小说《这是一片神奇的土地》、中篇小说《今夜有暴风雪》，等等。我是对人生的写作，第一人称对任何一个作家都不是问题。

《我和我的命》不是传记也不是报告文学，是一部虚构的小说，要虚构这样一个女性，无非就是用“她”，或者用“我”。用“我”，在叙事上可能更走心、更有代入感。所以这完全是一个经验上，或者说技术性的选择。

当然，写作的时候会有一些困难。如果用“她”，对心理描写可能会自如一些，我就可以像一个讲解员一样去描写一个虚构人物；用“我”，就要考虑一个“80后”女性的语感，如果读者看出别扭，那就是我没写好。

蒋肖斌：那为什么选择“80后”这个年龄段？

梁晓声：之前，一个青年大学毕业后就是社会稀缺人才，但到了“80后”大学毕业时，情况发生了巨大的变化。我在那个年代都已经是“愤青”了，对于那些出身强于别人，还拥有优渥资源的同代人，有一种愤愤不平。而现在的“80后”不仅要面临巨大的竞争压力，还有更大的收入差距、生活品质差距，直面这些差距，还在继续努力工作，我挺佩服这些年轻人的。

蒋肖斌：当下女性话题颇受关注，你是否认为女性的性别，让她们在现实中更加艰难？

梁晓声：古今中外，我觉得女性都可能更艰难一些。比如我小时候，大部分母亲是不上班的，在家里“持家”，这份担子不轻。当时普通家庭里的父辈工资都少，每一个母亲都要学会精打细算，还要赡养老人和抚养儿女。甚至在我看来，女性肩负着社会不坍塌下来的支柱作用。

蒋肖斌：从写“知青小说”到现在，你在作品中对女性有什么一以贯之的态度？

梁晓声：我很小的时候，父亲是建筑工人，先在东北的“小三线”，后来又到了西北、西南的“大三线”，从小我就看到了母亲们的不容易。我没有写过太不好的女性形象，可能和我的经历有一定关系。从前女性不上班，这导致她们的家庭地位一直低于男性，从内心可能会生出一种自我矮化，所以我对中国的女性是既同情又尊敬。

蒋肖斌：你在《我和我的命》中提到，“人是社会关系的总和”，人有“三命”，那我们是否会受制于这种“关系”和“命”？比如书中提到的“老家亲戚”带来的一些烦扰。

梁晓声：父母、原生家庭给的叫“天命”，出生于什么家庭、有哪些亲戚，是男是女、样貌如何……这些无从选择，能选择的是对这些没得选的“社会关系之和”的态度。

态度可以分为几种：有一种不需要你操心，你好他也好；有一种是你自身有能力去相助；还有一种是你没有能力相助。对于有其心无其力的人，我是同情的，不能让青年面临这样的重压；而像小说中的女主人公，在力所能及范围内去帮助家人，我也是有敬意的。

所以，首先还是判断你有没有能力，如果有能力，亲情扶贫也是一种责任。我们把手足间的抱团取暖当成生命的一部分，能做到会是愉快的。有的影视剧纯粹是为了激化矛盾，强调和原生家庭之间的冲突，我看了心里很不舒服。

蒋肖斌：评论家李敬泽说你永远在写“平民的正道”，什么是“平民的正道”？

梁晓声：这个也可以叫作“民间的人文”。人文两个字，在庙堂是一回事，在民间是不同的一回事。我们要承认民间有人文，不然我们和牛羊无异；但它又区别于知识分子的、庙堂的、权力场的人文；最重要的是，如果民间的人文垮塌了，一切就都垮塌了。在民间的人文中，“仁义”两个字非常重要。以前老百姓不识字，但如果夸一个人“仁义”，那就是至高的评价。民间靠它，树立起了人之为人。

蒋肖斌：知青小说源于你多年的生活经历，《我和我的命》似乎和你的个人生活没有关系，在写作时你需要做哪些准备？

梁晓声：不是没有关系，是关系太密切了。我自己的儿子就是“80后”，两个弟弟和一个妹妹的女儿也都是“80后”，他们的同学还是“80后”。我在大学教书的时候，会看一些学生的档案，关爱一些家庭可能有困难的学生，在和他们日常接触的时候、谈起择业的时候，会考虑到这些。所以，我对“80后”一点也不陌生。

我并没有为这部小说特地去做什么体验，可能我有一个优势，就是对社会介入很深。我不是书斋型的作家，不是一个仅仅生活在作家圈子里的人，也不仅仅生活在文学中。我曾经写过《中国社会各阶层分析》，在写《我和我的命》之前，还写过一篇关于青年“过劳死”的短文，所以这些都置于我对社会扫描的视野之内。

我对作家的概念：第一，人类有一个古老的良习，就是阅读，而作家是为这一良习服务的人；第二，作家不断写形形色色的“他者”，给形形色色的“他者”看，我理解作家是写“他者”，不是写自己的，也不需要用文学来炫耀自己的才华；第三点很重要，因为你写形形色色的人，你就不可避免地成为时代的书记员，你总是在观察、在感受，而且你的感受是投入情感的。所以，我的写作在写什么上并没有瓶颈，只受限于自身写作的水平。

蒋肖斌：接下来有什么写作计划？

梁晓声：在我的同代人中，我觉得大家都写累了，我也写累了。我一直用笔写，我的颈椎病也很重，所以更多时候是想退场。但头脑中又不断会有新的题材闯入——我在克服这一点——然后还是要转身走人。可能明年你还是会看到我的消息，但这并不意味着我要写到生命最后一刻，而是我确实在有步骤、有计划地做着离去的准备。如果再有作品出现，那是一个收尾性的工作。

梁晓声：为“80后”中文系大学生写一本书

我已经七十多岁了，我经常想，人这一生到底在追求什么呢？想来想去，除了真善美，其他确实都是过眼烟云。

“中文系，最大的筐，分数低的全都装。”梁晓声最新出版的长篇小说《中文桃李》，讲的是2000年进入大学中文系的年轻人的故事。毕业于中文系，至今仍在中文系任教的他，自嘲了当时中文系的惨淡。

为“80后”学子、为自己教过的学生们写一本书，始终是梁晓声的一个心愿。他甚至借书中重要人物“汪先生”，来客串自己的大学教书经历；还在结尾用男主人公一句“如果由我来讲文学与人生，肯定比梁晓声讲得好”调侃了一把。

因为电视剧《人世间》的热播，作为原著作者的梁晓声，在没读过他作品的年轻人中也突然火了，算是从文学圈火出了圈。但他依然不熟悉互联网，不会用手机约车、付款，前两年刚刚学会回短信。

《中文桃李》是梁晓声的倒数第二部长篇小说，他很确定这一点，因为最后一部封笔之作已经开始动笔。“无论水平怎么样，‘梁记面食店’总要关张。”梁晓声觉得，作家写作和一个面点师傅开面馆，没有多大区别，做了一辈子，做到这个程度，不要太执拗，还是要放下，“但现在缸里还有一团面，不能浪费”。

蒋肖斌：《中文桃李》的主人公是2000年进入大学的中文系大学生，那时候中文系早已不复辉煌。你是想讲青年和文学的困境吗?

梁晓声：这本小说主要讲的不是文学的困境，我对文学的困境其实并不太在意，因为文学这件事从它开始的时候就只是一部分人的事情，文学的困境在人类所有的困境中没有多么严峻。

我们说学中文能陶冶情操，但也得承认这是一种从业能力。小说谈的是学中文的年轻人，毕业后到了社会上，如何检验、应用自己的这种能力，在这个过程中他们所面临的困惑，以及是如何思考的。

20世纪80年代，中文系是非常风光的，才子才女都在这个系，一个大学如果没有中文系那如何得了；美术学院、舞蹈学院的学生，也都写诗、办文学刊物；几乎所有的报纸都抢办副刊。后来，文学慢慢边缘了，当我书中的主人公们开始上大学的时候，情况已经大不一样。上中文系可能只是权宜之计、无奈之选，考研时赶紧跳出去摆脱中文。

蒋肖斌：现在中文系的情况有所好转吗?

梁晓声：似乎有所好转。我2002年到北京语言大学教书，班上有十来个男生，他们都是冲着“中文”两个字来的，你都挡不住那种热情。他们办文学刊物，有评论、有诗歌、有小说，吸纳了周边高校的学生来投稿，还颁过奖，我给他们颁发过证书。我们上两百多人的大课，有时候其他系的同学也来。

20世纪80年代在一个相当长的时期里，我们装出深刻的样子，话不好好说，小说也变得晦涩。但小说其实没那么伟大，人拿起笔来写人的生活，只要文字不错，都可能成为文学。动辄评“十大作家”，是把小说拎到了一个高处，都是扯淡。文学的重要只是因为它在那一个时段内，起到了推动社会的作用。

蒋肖斌： 你觉得大学中文系的教育有什么问题吗？

梁晓声： 中文是非常特殊的一个专业，它的特殊性在于，哪怕我是半瓶水也可以晃荡得很厉害、装出很深刻的样子。这一点，有时候不但学生如此，老师讲课的时候也会不由自主。因此我们在听文史哲知识分子说话的时候，有时候会觉得貌似深刻，仔细一琢磨又觉得不太着调。

一堂课45分钟，这是学生考了高考、交了学费才能坐在那儿听的。有时候大学课堂上，可能缺乏一种庄重。有些讨论的问题是庄重的事情，不需要诙谐，不需要搞笑。我们现在把很多场合都变得娱乐化，好像不热一下场就不能进入讨论问题。幽默是需要的，但也不必要每一堂课都搞成脱口秀。

生活中很多事情是要庄重对待的，我们现在有时候把需要庄重思考和认知的问题，掺进了游戏里，掺杂了讨好、取悦受众的心思。我在书里没有用这样的桥段。

蒋肖斌： 小说中的中文系教授汪先生似乎有你的影子？

梁晓声： 对，包括他讲课的内容，基本也是我讲过的课，是我曾经引导学生讨论过的一些问题。我觉得就现代文学而言，我到现在没有读过一本读了之后没懂的书，所以不需要全程由老师来讲，高中生以上都能读懂，只不过有不同的懂法。因此我觉得更好的上课，是师生一起来讨论一部文学作品引发的延展性思考。

这部小说很可能会拍成电视剧，我也希望为学中文的学子们出一部电视剧。我心目中的汪先生，我觉得范伟来饰演很合适。我没有见过他，但我很欣赏他的表演。他的整个面部表情，尤其眯起眼来微微一笑的时候，有着一种宅心仁厚的感觉，这个状态是我认为汪先生应该有的。

蒋肖斌：你在写年轻人的时候，会和年轻人有代沟吗？

梁晓声：代沟不是想没有就没有的，就算你到年轻人中去，和他们天天打成一片，代沟也还在，这是没有办法的。但是代沟并不影响我们在没有代沟的一些方面去交流，你在沟那边，我在沟这边，我们还是可以亲密地交流。

写年轻一代对我是一个挑战。首先语言就是不一样的，现在的语言变化太大了，尤其是网络用语，我没有办法融入。“80后”还好，就是我儿子的年龄，跟我的语言比较贴近，而“80后”和“90后”之间可能就有代沟了。

有意思的是，“70后”作家写起自己同代人的时候，或多或少有“顽主”的气质，好像不那么写就不像自己的同代，写女孩差不多也有刘索拉笔下女孩的样子。但事实上，并不是所有的人都是那样的，这可能是作家写作时一个代际的标签化。我倒是更喜欢我笔下那些“80后”，他们也开玩笑，但不是“顽主”。

蒋肖斌：就你的观察，现在的中文系学生毕业后出路如何？

梁晓声：我们可能经常听到学计算机的毕业后年薪多少，但他们也很累，最容易疲劳死，中文系一般不会疲劳死。不久前我做一档读书节目，几位“80后”朋友都是中文系的，其中一位是某知名文学刊物的编辑部副主任，同时自己也写作，出版了好多书，还是北京文史方面的年轻学者。

仔细想想，这世界上和人发生关系的好东西就那么几种，大部分可以用财富概括。但有一样绝好的东西，超过任何财富，可以留给我们这样普通人家的儿女，那就是书籍——任何个人、家族都无法垄断。在十七八世纪，作家是贵族行业，后来回归到平民，平民中产生了作家、学者、教授，我们如果仔细考察，会发现相当多普通人家的孩子，从文化书籍中获取力量。所以，书籍是属于我们的，只看你能读到什么程度。

蒋肖斌：小说在讨论生活的时候，借女主人公之口说生活可以分为诗歌类的、散文类的、报告文学类的……你的生活是什么文体？

梁晓声：我已经七十多岁了，我经常想，人这一生到底在追求什么呢？想来想去，除了真善美，其他确实都是过眼烟云。

我没有经历过诗歌一样的人生，压根儿没想过。我从少年时期就知道，这辈子就是报告文学——写实，来不得半点浪漫、抽象、虚幻。当时家里有各种困难，父亲在外省，母亲体弱多病，还有一个生病的哥哥。所以，虽然我看了很多小说，但并没有浪漫起来。我的浪漫情愫，最多在早期的一些知青小说里出现一点。

但我从一开始写作，其实就在写情，只不过这个情不仅仅是爱情。别人问我，《人世间》中什么最打动我，我告诉他们，男女之情不会打动我，我可能更感动的是男人和男人、女人和女人之间的友情。

蒋肖斌：如果写下一部，你会特别想写什么？

梁晓声：没有再下一部了。《中文桃李》是“梁记面食店”最后两缸面中的一缸，最后一部也在写了。之后，我就是一个坐路边晒太阳的老人。

周大新：婚姻是一座茅草屋

周大新

周大新，1952年2月生于河南邓州，1970年从军，1979年开始发表作品。现居北京。

已发表出版长篇小说10部12卷，中篇小说33部，短篇小说70余篇，另有散文和剧本等作品。先后获得全国优秀短篇小说奖、人民文学奖、冯牧文学奖、老舍散文奖、茅盾文学奖、中国政府出版奖、解放军新作品一等奖、南丁文学奖等奖项。一些作品被译为英文、法文、德文、阿拉伯文、西班牙文、瑞典文、日文、韩文、土耳其文、越南文、波兰文、希腊文等。

两个不同背景的人要在一起长期生活，必须允许对方有缺点。就像我也有很多问题，我老婆经常埋怨我。

在中国当代文坛上，周大新堪称“劳模”，从获得茅盾文学奖的《湖光山色》开始，他以每三年一部长篇小说的节奏，扎扎实实地记录所见所闻、所思所想。2021年，他突然宣布以《洛城花落》作为长篇小说的封笔之作。在这部作品中，他选择了“婚姻”作为故事载体，用“家庭”这个社会的细胞，来呈现生活的光怪陆离。

评论家李敬泽说，《洛城花落》让人想到福楼拜的《情感教育》，这是一部中国人的情感教育小说；不是小说家要教育你，而是小说家用一个故事，带着我们每个人进行情感的自我教育。

这也许是周大新的小说长期以来的“套路”，他只负责讲故事，至于读者看完故事想到了什么，那是读者自己来完成的任务。结束了40年的长篇小说写作历程，周大新说：“我写小说的时候，只想着让故事怎么看上去像真的。”

蒋肖斌：你的小说一直关注社会现实，《洛城花落》的创作有什么契机吗？

周大新：小说从2018年开始构思，2019年动笔，并没有具体的某件事，主要是我这些年听到的、在新闻上看到的婚姻悲剧比较多，有些是因为夫妻不和女方反抗杀死丈夫的，也有男方杀死妻子的，还有自残的。我身边熟人的孩子，也有因为离婚走上法庭的……这些事促使我开始关注离婚这件事，探讨当下年轻人的婚姻现状。

蒋肖斌：听说《洛城花落》的书名来自欧阳修《玉楼春》中的"直须看尽洛城花，始共春风容易别"，你如何想到用这一句词来作为离婚话题的书名？

周大新：欧阳修是我一直喜欢的一位文学前辈。少年时读《醉翁亭记》，印象非常深刻；青年时读他的《生查子》，觉得写爱情特别到位；后来读到《玉楼春》，写情人分离的伤感，觉得特别好。写这本书的时候，就想到了用这首诗里的意境来命名，表达对婚姻一种伤感的情绪。

蒋肖斌：《洛城花落》中的故事非常现实，涉及年轻人的工作压力、买房压力、孩子教育、老人赡养……你是否觉得这代年轻人的压力比他们的父辈大？

周大新：是的，今天的生活节奏特别快，大城市给年轻人带来的压力特别大。压力大了，很可能消耗婚姻中爱情的部分，让生活不堪的一面更快地显露出来。考验婚姻的，从来不是现实困难本身，因为两个人的感情出了问题，现实令其雪上加霜。

如果把婚姻比作一座房屋，它肯定不是钢筋水泥可以一住70年的，它可能是茅草房，三四年就得修，而且必须两个人合力修。我见过那些八九十岁还很恩爱的夫妻，他们就是“修缮房子”的高手。

蒋肖斌：你对现在的年轻人有什么“理性婚姻指南”？

周大新：现在的年轻人对婚姻质量的要求比前一代人要高。以前的人结婚，也许就是在一起生活；现代人对情感的要求更高，容忍度降低，一旦发现对方人格或体型上的缺陷，就可能产生厌弃的情绪。

谁也没有特别的办法，我以一个老人的身份，觉得结婚只是常人的一份日子，并不能保证一定幸福；但如果想获得幸福的婚姻生活，你就必须学会经营，在婚后也一点儿不能大意，婚前如何对待对方，婚后也要如此。

更重要的是，要学会宽容。两个人最初谈恋爱有神秘感，但一旦在一块儿生活，不可能永远有新鲜感，各种问题暴露出来，不会完全融洽。所以，两个不同背景的人要在一起长期生活，必须允许对方有缺点。就像我也有很多问题，我老婆经常埋怨我。

蒋肖斌：近来女性话题很热，你在众多作品中对女性有什么一以贯之的态度吗？

周大新：我在作品中很少批判女性，我认为她们值得歌颂。

我在农村长大，农村的女性——那些婶子大娘，还有我的母亲，给我留下了非常好的印象。我认为她们更多从事的是“建设性”的工作，比如生育抚养孩子，在医院做护工照料病人。相比之下，男性的“破坏性”比较多，比如酗酒闹事。

长大一些后，我发现女性被男性压制的时间太久了，特别是在中华人民共和国成立之前，很多农村女性被视作物品，由男性来决定她们的命运，只有很少一部分女性能对自己的人生作出独立选择。

蒋肖斌：《湖光山色》讲逃离“北上广”，《天黑得很慢》讲老年，《洛城花落》讲离婚，你的小说讲别人的故事，读者却好像在读自己的故事，你是如何做到这一点的？

周大新：其实小说都是作者“将心比心”来设计故事发展的。故事从生活中来，那作者首先就要沉入生活，了解这些事；接下来怎么铺排成文，就需要“将心比心”。

比如，我写年轻人的爱情，我也是从年轻时过来的，就从大脑的记忆仓库里，调动起自己年轻时的生活。想让读者看起来是真的，就必须由自己参与，把自己的生活掺进去。

蒋肖斌：《洛城花落》采用了“庭审记录”的形式，你真的去听过吗？

周大新：听过，但我不是当事人。为什么用“庭审记录”这样的写作结构？一方面是为内容服务，只有在庭审的时候，双方雇请了律师，通过律师和当事人之口，才能充分明确地把自己的意见表达出来，法庭鼓励你这样说，我们能从各个角度来发表对爱情、对婚姻、对离婚的看法，其他场合很难有这样集中的辩论环境。

另一方面，这样的写作结构也是我的一种创新。小说创新很重要的一点，就是结构创新，用新的结构来讲述故事，才能引起读者的阅读新鲜感。结构问题，也是我第一年构思小说时最痛苦最烦恼的事情。小说创作，要求作家自己超越自己。

蒋肖斌：你还用到了“宗族史料”。

周大新：如果小说只是讲当下，就容易轻薄。我希望小说能有一种厚重感，不是只讲两个主人公的离婚，而是搭建起一个历史脉络，引导人们去思考关于婚姻的这些问题。

中国离婚历史，特别是由女性提出离婚的历史，追溯起来并不是很久。我设计一点这样的情节，可能有助于人们了解女性的命运。现在，女性表达意见的机会和权利比过去放大了无数倍，这是社会的进步，也是全体女性奋斗的结果。

蒋肖斌：你被称为"时代书记官"，用小说来记录时代，和报告文学等非虚构题材相比，有什么优势吗？

周大新："时代书记官"不敢当。但小说的优势就在于它可以虚构，把人生故事化，把生活典型化，这是别的体裁很难完成的任务。而且小说可以把作者的思想埋藏在故事后面，让读者一开始只读故事，只觉得有意思，读了之后才陷入沉思。我最初喜欢读小说，也是因为喜欢小说中的故事，这给了我后来创作的兴趣。

蒋肖斌：你小时候喜欢哪些书？

周大新：小时候读的第一本书是《一千零一夜》，不知道怎么流传到同学手里，就借来看了。后来，开始读那个年代的一些小说，《红岩》《战斗的青春》《红旗谱》……18岁当兵后，接触到托尔斯泰的《复活》，聂赫留朵夫和玛丝洛娃之间的情感纠葛，深深打动了我。从那个时候我下决心要写作，也想写一部这样的书。

蒋肖斌：你在《天黑得很慢》中用了"万寿公园黄昏纳凉一周活动"，这次用了"庭审记录"和"宗族史料"，为什么喜欢"拟纪实"

的形式？

周大新：我自己写作的时候并没有想到什么“拟纪实”，我只是想着怎么让故事看上去像真的。因为既然写的是现实，就只有让你觉得故事真的在发生，你才会有兴趣读完一部20万字以上的小说。

蒋肖斌：现实话题这么多，你如何选择？

周大新：要忠于内心，根据我自己的生活和心理体验。当年我的孩子走了以后，我写了《安魂》；等我慢慢衰老，我就写了《天黑得很慢》。写《洛城花落》，是因为看到现在离婚的人这么多，其中还有我的熟人，会给我造成很大的心理冲击。

我不会考虑社会热点，那可能是新闻专业的朋友需要关注的。有句话“文章合为时而著”，可能指的是散文，写小说应该“为心而著”。

蒋肖斌：描写当下现实的小说，会不会失去下一代读者？

周大新：好的作品能不能经得起时间的考验，能不能走出国家和民族的界限，归根结底是要看它思考的问题、传达的思情寓意，是不是全人类都应该关注的。我写生死问题、衰老问题、婚姻问题……我相信，这是很多年之后人们依然会面临和思考的，所以依然会有读者。

蒋肖斌：《洛城花落》是你的长篇小说封笔之作，接下来会写什么？

周大新：我会选择散文和随笔，也可能重拾年轻时候就很喜欢写的电影剧本。小说的记录是非常艺术化的，散文和随笔会很直接，不通过人物、故事，直接讲出作者的思考。

虽然由于体力原因决定不写长篇小说了，但我对文字的热爱依旧，和文字打了一辈子交道，已经和它水乳交融。除非将来因为身体原因让我彻底失去了拿笔的能力，那就算写不了文章，我也会写书法，如果书法都写不成了，我看看能不能画画——现在开始慢慢学。

邱华栋：新闻结束的地方是文学出发的地方

邱华栋

邱华栋，1969年生于新疆昌吉市，祖籍河南西峡县。毕业于武汉大学中文系，文学博士、研究员。现任十四届全国政协常委，中国作家协会党组成员、副主席、书记处书记。

著有非虚构《北京传》，长篇小说《空城纪》《夜晚的诺言》《白昼的喘息》《正午的供词》《花儿与黎明》《教授的黄昏》《单筒望远镜》等13部，中短篇小说、系列短篇小说《社区人》《时装人》共200多篇。出版有小说、电影和建筑评论集、散文随笔集、游记、诗集等各类单行本60多种。多部作品被译为日文、韩文、英文、德文、意大利文、法文和越南文等。

曾获庄重文文学奖、《上海文学》小说奖、《山花》小说奖、中国作家出版集团优秀编辑奖、茅盾文学奖责任编辑奖、百花文学奖优秀编辑奖，百花文学奖短篇小说奖、萧红小说奖优秀责任编辑奖、郁达夫小说奖优秀编辑奖、《人民文学》林斤澜小说奖，《十月》李庄杯优秀短篇小说奖等30多次。多次担任茅盾文学奖、鲁迅文学奖、全国少数民族文学骏马奖、全国儿童文学奖评委会副主任。

每到一个地方，我都觉得那个地方就是我的故乡，我有了更多写作的自由，有更多的“在地感”。

祖籍河南，生于新疆；中学练了6年武术，又被武汉大学中文系破格录取；当过报社记者和文学期刊主编，但一直不是个“专职作家”——邱华栋身上有很多奇妙的点，用现在流行的话来说是个“斜杠”人士，唯一不变的，是他一直在写作。近来出版的《十侠》写的是侠客，《北京传》写他生活了30年的北京，兜兜转转，都与他的体验有关。

邱华栋有一个特别的能力，随时能接受采访，挂了电话，又能续上接电话前的写作。他说：“新闻结束的地方，是文学出发的地方。”

蒋肖斌：写北京这座城市的书很多，如果要为《北京传》写一句“广告语”，你会怎么写？

邱华栋：我曾开玩笑地说过一句话，叫“一书在手，北京不愁”，当然这话有点大。但这本书对理解北京城市空间的变化、3000年的城市格局，还是有帮助的。

蒋肖斌：你写的北京，和一个土生土长的北京人写的，最大的区别是什么？

邱华栋：是我们感受的时间段和空间感不一样。从城市记忆来讲，他们可能对二环内的老北京记忆多一些，而现在北京的概念变化很大，既有老北京，也有新北京，还有京津冀一体化、雄安新区，等等，我写的空间要大多了。

我在北京生活30年，算是一个“新的老北京”，而北京仍在生长。每一代人都应该去热爱你生活的空间和城市，写下你的观察和记忆。

蒋肖斌：作家一般喜欢写两个地方，一个是现在生活的地方，一个是故乡，你出生在新疆昌吉州，写这两个地方的情感会有什么不同？

邱华栋：我最近写了一篇创作谈《没有“故乡”的人》。很多作家有一个文学的故乡，他们书写故乡，像莫言写高密，贾平凹写商洛，我突然发现，我没有文学意义上的故乡。我的父母是河南人，我作为移民的后代，生在了新疆。

后来，我去武汉念书，来到北京工作。每到一个地方，我都觉得那个地方就是我的故乡，我有了更多写作的自由，有更多的“在地感”。比如北京，是我生活的地方，是我此刻正在经历的生活，可能比我出生在哪儿更重要。这是我和那些前辈作家的很大的区别。

蒋肖斌：现在很多年轻人离开故乡，到大城市求学、工作、定居。你当时从武汉大学毕业后来到北京，面临的最大挑战是什么？

邱华栋：对年轻人来讲，北京这样的大城市最让人向往的肯定是自我价值的实现，大城市的魅力在于有各种机会，特别适合人干事业。我当时大学毕业也有去南方的机会，选择北京，是它作为首都和文化中心的地位吸引了我。我特别喜欢文学，一开始并不在文学单位工作，后来去了报社，一干十几年，也是为了靠近文学。

困难当然很大，文学写作的群体是一个金字塔结构，只有写得非常好才能“出道”，只有最好的作者，才能拥有最好的掌声。好在我一直是一个文学爱好者的心态，我十几岁就喜欢文学，一直按照自己的计划和想象来写作，来适应。

20世纪八九十年代没有网络，文学刊物是作家成长的阵地；现在网络文学兴起，作家可以在网上写连载，有了新的文学生产的方式。我觉得对年轻人来说，肯定要找到适合自己的空间，设立一些目标——比如我，我时常想到自己是一个独特的生命，所经历的时间和空间是我今后不可能重复的经验，我就要书写一种“与生命共时空”的文字才会有时间和历史意义。

蒋肖斌：怎么理解“与生命共时空”？

邱华栋：我写过不少涉及北京的小说，五六部长篇，100多部中短篇，很多写的是当下的新事，是从20世纪90年代以来的城市的生活、年轻人的状态，等等。这是我写作很重要的一个特点。当然不是新闻，是把它变成审美化的文学。

比如，我当记者的时候，有一次采访，看到某天发生了给高楼擦玻璃的“蜘蛛人”出事故掉下来摔死的新闻。这个发在报纸上，可能就是个几百字的消息，但我写完新闻之后，心里其实是很难过的。我想到有这样的一个年轻人，来大城市寻找他生活的空间，结果摔死了。晚上回家后，我就写了一个短篇小说《蜘蛛人》。小说里，银色的蜘蛛人飞跃在城市的上空，从一栋高楼飞向另一栋，后来他还遇到了一个女蜘蛛人，他们在高空相遇、相爱，有了小蜘蛛人，他们宁愿生活在高空，再也不愿意下到地面……

这样的小说具有幻想色彩，就是用文学的审美来处理新闻事件，把当下的经验变成意象的、诗意的小说，是一种带有后现代色彩的城市文学。

蒋肖斌：喜欢写当下、对社会的敏感性，这是不是与你十几年的新闻工作者经历有关？

邱华栋：绝对是这样。我有幸经历了纸媒的兴盛期，在报社工作，关心社会上正在发生的事情。敏锐、责任感、正义感，这些东西是新闻从业者的基本素质，我就把这种能力转变成文学。

我说过一句话，新闻结束的地方是文学出发的地方。很多社会事件，写成新闻几句话就讲完了，但文学可以仔细思考，思考人性的复杂性、事件背后的复杂性。所以，我的写作很多与新闻有关，但读者可能看不出来。

蒋肖斌：你去观察、去写作，会有什么特别的写作习惯吗？

邱华栋：我的写作习惯就是一点儿都不娇气。有的作家会有一些怪癖，比如德国诗人席勒要闻着烂苹果的味道写，海明威要站着写……20世纪90年代我一个人蹲单身宿舍，晚上回家很郁闷，就跑到三里屯刚涌现出来的那些酒吧，一个人也不认识，点个喝的，身边人来来往往，吵吵闹闹，对我没什么影响，拿一沓纸，手写，一晚上我能写好几千字。

我觉得这是在报社训练的，在有限时间内尽量提高生产效率。你也知道报社那种办公室，大通间，领导说下午6点前要给5000字，你就赶紧坐下写，还不时有人经过，来跟你说个话，照样准时交稿。后来我就养成了习惯，在家里写作，手机响了，说完话做完事，情绪很快调整，放下手机马上能写。

现代人的时间被切得很碎，在这种情况下，人很容易消耗自己，刷刷微信几个小时就过去了，所以恰恰是利用零碎时间，才能把事情完成。我都是利用零碎时间写作，称其为“碎片连缀法”。每年会有一个整体的写作想法，比如要写一部30万字的长篇，我就算一算有多少零碎时间，下班回家、双休日、出差……用一种碎片的方式把它完成，最后拼成一个整体。

蒋肖斌：你有过专职写作的阶段吗？

邱华栋：我一直是业余写作，正因如此，反而对自己有一种压力，最近的写作计划怎么还没有完成？我当然喜欢职业写作，但我觉得人生没有预先安排的事，你不能设计你的人生。要顺势而为，不要拧着。比如，有的人如果一定要辞职写作，有时候可能把生活弄糟，而且也可能写不出来了。

我做过《人民文学》的副主编、鲁迅文学院的常务副院长，现在是作协的书记处书记，工作一直和文学有关，客观上也会促进自身对文学的理解，自然而然就到现在这个状态。也许只有退休后，才能变成一个真正的职业作家……

其实作家没有退休这种说法，可以一直写自身对生命的观察，既观察他人，也观察自我的成长和时代的变化，然后以某种审美的方式记录，或者变形，这对作家是非常美好的一件事。

蒋肖斌：你从16岁开始发表作品，18岁出版小说，年少成名，会有压力吗，会不会担心自己有一天写不出来？

邱华栋：一直没有什么压力，因为写作对我来说是一个爱好，文学本身是一个自我修养的过程，喜欢，就会变得放松。写作首先面对的是自我的心灵，其次才是写出来的作品有多大的文学价值、社会意义——这需要别人去评判。

我上高中的时候，觉得书上那些大师写得真好，我什么时候才能写得和他们一样好？我妈就说，“大狗小狗都要叫，大狗叫大狗的，小狗叫小狗的，你怕什么”。所以，我就觉得写作这事儿，面对自己的内心，就挺好。

蒋肖斌：现在“90后”作家也慢慢成长起来了，以你的观察，这一代青年作家有什么共性吗？

邱华栋：他们的共性就是非常有个性。我经常注意搜集一些青年作家的书，发现他们确实已经是另外一代人了，给小说起的名字都不一样，比如郑执有个小说叫《仙症》，一开始我都看不懂题目什么意思。这说明他们已经有一种新的审美表达，文学是人的心灵的一种外化构造。

蒋肖斌：对年轻人来说，有太多比写作有趣的事情，你当时遇到过诱惑吗？

邱华栋：当然有很多诱惑，这是正常的。文学是一个艺术领域，我不主张人人都去写作，不需要那么多作家。但文学又是很多东西的根本，比如影视艺术，文学的记录功能和审美价值也一直存在。所以，文学不会死掉，作为语言艺术，它存在于我们的空气之中，是一个大而无用、又有大用的东西。对于大多数人来说，最好还是有一点文学修养，因为总是会接触。

我不是躲在书斋里的人，我的其他兴趣也挺多的。我练过武术，也一度喜欢极限运动，我采访过一些登山的人，特别羡慕他们在全世界登山；我也关注潜水，只是我“潜水”时浮在表面下不去……我觉得年轻人多一些尝试挺好的，人生是一个向死而生的过程，不可逆，所以要尝试新的活法，也许能爆发自身的潜力。

蒋肖斌：你最近有什么新爱好吗？

邱华栋：我喜欢研究某一方面的一个小问题。比如，我还想把《北京传》写得更“厚”一些，我会搜集资料，关于北京的植物、北京的下水道……自己的兴趣和工作是同一件事，挺愉快的。

蒋肖斌：最后，你对年轻人有什么作为“过来人”的建议吗？

邱华栋：我觉得人年轻的时候应该去做一些相对困难的事情，不能让自己过得太舒服。比如读书，把一本很难的书啃下来，也许在将来会对你非常有用。我小学五年级读《红楼梦》的原著，会看不懂，但还是去看。如果年轻的时候不去挑战自己，一味地嗨，嗨完了就什么都没有了。也许这是老生常谈，但这就是我真切的体会。

肖复兴：我不希望把儿童文学写成甜蜜蜜的棒棒糖

肖复兴

肖复兴，当代著名作家，曾任《人民文学》杂志社副主编、《小说选刊》副主编。

已出版长篇小说、中短篇小说集、报告文学集、散文随笔集和理论集百余部作品。曾获优秀报告文学奖、冰心散文奖、老舍散文奖、“中国好书”等多种奖项；并获得首届“全国中小学生喜爱的作家”称号，多篇作品入选中小学语文教材。

我一向主张，孩子的阅读层面需要踮一踮脚尖、蹦一蹦高，即使有些书读后只是一些似是而非的感觉，甚至一时没有完全读懂，也没有关系。

在龙潭湖游泳、在东单体育场跑步打球、在小饭馆吃盖浇饭、在工地上找废铁铜丝……这是肖复兴的童年往事，也是他在最新出版的少年成长小说《兄弟俩》中讲述的故事。

肖复兴借小说中“徐老师”的手，在黑板上给孩子们写了一首冰心的小诗，“为了后来的回忆，小心着意地描绘你现在的图画”。这是他读中学时，在西单旧书店买到的一本开明书店版的《繁星·春水》中看到的，短短两句，记了60年。

童年已经过去很久了，但对童年的描绘让时光倒退，七十多岁的作家回到那个胡同里的少年。

蒋肖斌：《兄弟俩》写的是你自己的童年。在你记忆中，小时候最快乐的事情是什么？最不快乐的又是什么？

肖复兴：我5岁那一年，生母突然病逝，父亲回老家，为我们领回一个继母，这之后很长时间里，我都不快乐。

那时，唯一的姐姐还不到17岁，为了减轻家里的生活负担，远离北京到内蒙古修铁路。我更觉得孤独无助，甚至绝望。上小学后，我常在晚上，一个人偷偷地爬到我家房顶上，望着夜空发呆，想心事。房顶视野开阔，能看得到北京火车站的钟楼，姐姐就是从那里坐上火车离开的。

每一次姐姐回内蒙古，如果我和弟弟没有课，都会去送姐姐。每一次姐姐坐的火车开走了，我和弟弟都会躲在站台的大圆柱子后面偷偷地哭。如果由于上课送不成姐姐，我会偷偷地哭得更伤心。那时候，没有人知道我坐在房顶上想的心事，也从来没有人知道那时候是我最不快乐的日子。

这样的日子一直到我读小学四年级。那一年，我在家对面的邮局里花了1角7分钱买了一本《少年文艺》，其中有美国作家马尔兹写的一篇小说，叫《马戏团到了镇上》。这是我读的第一篇小说，可以说，是它带我进入了文学的领地。两个孩子渴望看马戏却最终没有看成，这样的故事在我心中引起了一种莫名的惆怅，一种夹杂在美好与痛楚之间的忧郁的感觉，让我知道除了我自己的痛苦之外，还有别的孩子一样有着说不出的痛苦。

我从此迷恋文学，文学让我快乐，帮助我修复心里的痛苦，并燃起了我的希望和想象。童年的快乐还是多于痛苦的，最快乐的，除了每年见一次姐姐之外，就是读书了。在《兄弟俩》这部小说中，没有写这些，这样的内容应该是新的小说了。

蒋肖斌：《兄弟俩》中的故事有一定的年代感，比如物质贫乏，现在的孩子还能理解小说中兄弟俩的处境吗？

肖复兴：这是我在写作时必须面对的问题。小说的书写，有过去时、现在时、未来时，还有把这三种时态打乱交织在一起。帕尼奥尔的《我父亲的光荣》，写的是他的童年，属于跨年代；瓦尔特·本雅明的《驼背小人》，写的也是他的童年，那是1900年前后。但是这些作品，我们现在依然爱读，并没有因为时间的阻隔而产生隔膜，相反让我们更加喜爱和珍惜。或许，这就是距离产生美，产生包括文学在内的艺术吧。而且，孩子都有好奇心，也许还非常想窥测他们的父辈、祖辈是怎样度过童年的。

蒋肖斌：现在孩子的童年有什么缺失吗？

肖复兴：现在的孩子，物质比我小时候丰富多了。我小时候，有钱人家的女孩子，抱着一个眼睛能眨动的布娃娃，就足以让我瞠目结舌；我们男孩子，只能蹲在地上、撅着屁股玩弹球、拍洋画。但物质的丰富、高科技的发展，并不能直接让人们的精神同步提升。

我儿子在美国工作，今年暑假，他开车带着他的孩子去佛罗里达。这一年间，孩子都是在家里上网课，憋得实在够呛，得出去喘口气。他们去海边捡贝壳，去了一个星期。和我视频时，两个孩子兴奋得不得了，告诉我他们在海里还抓到了海星，向我描述海水退去时，藏在沙滩里的贝壳和寄居蟹纷纷露头的壮观场面。我不仅是被他们的兴奋所感染，也是为这些贝壳所感慨。之前没想到，这些没有一点科技含量的贝壳，能够让他们找到属于自己的乐趣。

孩子的很多快乐，并不是花钱就能买到的。我们要鼓励孩子到大自然中去读另一本大书（注意：不是走马观花的旅游），那里能和孩子的天性密切联系在一起。

蒋肖斌： 你小时候喜欢看什么儿童文学？

肖复兴： 我小时候特别喜欢读《少年文艺》，四年级读到它时已经是1957年。在这之前的《少年文艺》是什么样子，我特别好奇，便到旧书店找到一些，还是不全，便又到首都图书馆去借，一直到把它们全部看全。

读中学时，《儿童文学》创刊，我开始买它。那时候的儿童文学作家，我特别喜欢任大霖、萧平、杲向真、刘真、王路遥和冰心、叶圣陶、郭风，以及外国的罗大里、盖达尔等人的作品，后来又读到了蒋风的《鲁迅论儿童教育和儿童文学》理论著作，买全了每年出版的一本全国儿童文学作品选，包括一本《1919—1949年儿童文学作品选》。

那时候的儿童文学虽然没有如今这样的细分、这样的名目繁多，但是给予我很多营养，可以说，是儿童文学伴随我长大的。

蒋肖斌： 你的不少作品是写给孩子看的，也有多篇文章入选教材，给孩子看的文学，如何处理美好与残酷的关系？

肖复兴： 儿童文学作品，风格题材多样，但我从小不怎么喜欢读童话，也不喜欢科幻作品，反而喜欢读现实主义的小说，觉得和自己所认识的现实生活接近。我特别喜欢瓦尔特·本雅明的《驼背小人》，写的是1900年他10岁前后在柏林发生的事情；帕乌斯托夫斯基的《一生的故事》第一卷，从1904年写起，也是他10岁左右的故事。他们都没有回避生活的苦难，其中包括战争和生离死别。

读中学的时候，我特别喜欢萧平的《三月雪》。半个多世纪过去了，我居然还保存着当年读这本书时记的笔记，记录着《三月雪》第一节开头：“日记本里夹着一枝干枯了的、洁白的花。他轻轻拿起那枝花，凝视着，在他的眼前又浮现出那棵迎着早春飘散着浓郁的香气的三月雪，蓊郁的松树，松林里的烈士墓，三月雪下牺牲的刘云……”

《三月雪》写的是战争年代的故事，主角是十一二岁的小姑娘，清纯可爱，和庞大而血腥的战争，有意做着鲜明对比。如果没有战争的残酷和妈妈牺牲的痛苦，不会有这样大的冲击力，小娟也不会成长得这样坚强。孩子在成长的过程中，生活的挫折、痛苦，能够激励他们健康而坚强地成长。

我们现在的大人，常常一厢情愿、越俎代庖地替孩子去化解烦恼、忧愁，乃至过错。我的儿童文学中对于历史与现实的苦难残酷的书写，也是远远不够的。缺少这方面文学作品的直面阅读，对于一个孩子的成长是不利的。因此，在这本《兄弟俩》中，我没有回避这一方面的书写，我不希望把儿童文学写成甜蜜蜜的棒棒糖。

蒋肖斌：也有观点认为，孩子可以和大人看一样的书，对此你怎么看？

肖复兴：孩子当然可以和大人看一样的书。他们对世界充满好奇和旺盛的求知欲，特别想走进大人的世界，这是可以理解的，也要给予尊重。不过毕竟年龄摆在那里，并非所有的书都适合孩子看。因此，儿童文学的存在非常有必要。尤其是从学龄前到小学和初中阶段，儿童文学对于一个孩子成长所能起到的作用，往往是成人文学做不到的。

不过，我不希望孩子只读儿童文学，尤其在如今儿童文学过度“繁荣”、难免泥沙俱下的情况下，并非都是开卷有益。因此，挑选一些经过时间筛选、值得信赖的成人文学作品去读，是十分必要的，这同时也是锻炼并提升孩子阅读能力的必要。

我一向主张，孩子的阅读层面需要踮一踮脚尖、蹦一蹦高，即使有些书读后只是一些似是而非的感觉，甚至一时没有完全读懂，也没有关系。我小时候读的好多书，当时都没有读懂，只留下一些朦朦胧胧的印象，但它们依然留存在我的记忆里，加深了我对文学的认知，也对我的成长有所帮助。

蒋肖斌：作家的年龄在增长，如何对一代又一代孩子的阅读兴趣保持敏感？

肖复兴：如何重返童年、重获童心，是如我这样年纪的人想写好儿童文学必须要面对的课题。我的做法很简单，也很笨，主要有两点：一是要和孩子有接触，知道现在他们的所思所想、所爱所好。我的两个小孙子10岁上下，正好帮助了我。没写这本《兄弟俩》之前，我把其中一些故事先讲给他们听，看看他们对哪些地方感兴趣，从而进行调整。

二是在写之前，先读一些和我要写的内容相关的别人的作品。在写《兄弟俩》之前，我选择的是重读帕乌斯托夫斯基的《一生的故事》第一卷，希望能从中找到一些细微的感觉和直通的路径。

帕乌斯托夫斯基说过："只有当我们成为大人的时候，我们才开始懂得童年的全部魅力。在童年一切都是另一个样子。我们用明亮而春天的目光观察世界，在我们的心中一切都似乎明亮得多。"童年的生活必须要经过时间的淘洗，和长大成人后回眸的重新审视与认知，才有价值有意义，才有可能写好。

蒋肖斌：接下来有什么写作计划？

肖复兴：我刚刚写完另一本儿童小说《春雪之约》。之前写的三部儿童小说——《红脸儿》《合欢》《兄弟俩》，故事的矛盾基本发生在孩子之间，大人的出现，只不过是为了解决这些矛盾。这一次，我想让故事的纠葛和矛盾，放在孩子和大人之间。小有小的力量，小孩子身上潜能的爆发，甚至能够帮助大人、战胜大人，让彼此看到希望。我希望这部新的小说能够比前三部儿童小说写得有点儿进步。

余耕：我的小说是写为生存奔波的芸芸众生

余　耕

余耕，中国作家协会会员。早年从事专业篮球训练，后转战新闻界，在北京做记者十余年。自不惑之年开始职业写作，先后创作小说《古鼎》《如果没有明天》《我是夏始之》《我是余未来》等。

中篇小说《我是夏始之》获得第十九届百花文学奖；都市荒诞喜剧小说《如果没有明天》获第十七届百花文学奖，根据该小说改编的话剧《我是余欢水》在全国各地上演近500场，改编的网剧《我是余欢水》成为现象级短剧。

我怀疑那些只会赞美的作家的动机。希望读者在对现实针砭中看到光明、看到希望，这才是现实题材小说的价值所在。

说起余耕，最著名的头衔是超级网剧《我是余欢水》的原著小说作者。而在他最新出版的中篇小说集《我是夏始之》中，他的自我介绍也和余欢水一般“人间真实”：打过篮球，没进过省队国家队；做过警察，没破过大案要案；开过攀岩俱乐部，没攀岩之前有恐高症，攀岩后更加恐高；干过银行，进银行前对数字不敏感，进入银行后对数字越发混乱；最喜欢的工作是做记者，因为它看上去不像份工作，不打卡不坐班，不用夸女同事瘦了，也不用拍主编马屁，一切拿稿子说话。

年近不惑时，迷惘的余耕想写份遗嘱，写着写着成了《德行》，这是他的第一部小说。就这样，他也在虚构的世界里“活”了下来，陆续给读者带来了余欢水、夏始之、余未来、金枝、玉叶……偶尔，余耕也回到现实世界吹吹牛，自诩是打篮球里小说写得最好的，但不巧有一天遇到了冯骥才先生。

蒋肖斌：《我是夏始之》中收录的《末日降临》，是《如果没有明天》的前身，《如果没有明天》是《我是余欢水》的原著小说，对于这三者，你各有什么评价？

余耕：《末日降临》是一部黑色幽默的中篇小说，我是一口气写下来的，当年被选评为《小说月报·原创版》的年度精品小说。三四年后正好有一段空闲时间，我觉得《末日降临》还有拓展空间，就把它扩写成了一个小长篇《如果没有明天》。两个小说几乎一脉相承，风格也没有变化，但是我觉得扩写后的《如果没有明天》更过瘾，因为余欢水的反弹力度更大。网剧《我是余欢水》则是另一种艺术呈现形式，编剧在忠于原作的基础上增加一些复线，使得这部剧更加丰满，属于比较成功的改编。

蒋肖斌：余欢水、余未来、夏始之……小说中的人物名字都比较有意思，是怎么起的？为什么让余欢水跟自己姓？

余耕：我开始写作的时候，都是很随机胡乱地取个名字，有时候懒得想，就会先拉一个朋友的名字临时用，当然这个朋友的性格肯定与我要塑造的人物性格相似。在接下来的写作中，我会与我笔下的人物熟稔，没准哪一天便会有一个很特别的名字跳进我的脑海，这个名字便会替代我朋友的名字。

例如余欢水的名字，最早就是我一个性格很窝囊的哥们儿的名字。故事写到一半的时候，余欢水得知自己罹患绝症，孟郊的“谁言鱼水欢”这句诗就突然冒了出来，于是，我把朋友的名字改成“于水欢”。写到后来，尤其是被绑架在山洞里的时候，余欢水要把自己的豁达劲儿带出来，让我联想到王勃的“处涸辙以犹欢”，于是，又把“于水欢”改成“于欢水”。写到小说末尾的时候，我会不自觉地对人物产生感情，于是干脆把姓也改了，改成与我笔名相同的余。栾冰然，倒过来读就是网络用语“然并卵”。

《我是夏始之》里的夏始之，则是“夏时制”的谐音梗，因为夏始之被孤儿院收养那天正好是中国实行夏时制的第一天，目的也是要告诉读者，夏始之这个故事的起始时间。

余未来是我比较喜欢的人物，他的身上充满了理想主义的光。我在小说里的闲笔处，说余未来的堂哥是余欢水，为了说明余未来一家的生存境遇，连余欢水这样的人都瞧不上他们。既然是堂兄弟，那余未来自然也要姓余了。

蒋肖斌：你笔下的故事充满了“人间真实”：老公出轨、孩子走失、城市拾荒……你在现实中会主动去接触这类人群吗？

余耕：在我住处不远的地方，有一个十字路口，聚集了一大批民工，他们都是打散工的。每天早晨，这些民工早早聚集在这里等待雇主。我散步的时候，经常会揣摩这些民工内心的感受。我们每天早晨走出家门去公司上班，至少有一个目的地，但这些民工每天走出家门，根本不知道今天能不能找到工作……而这个世界上，还有许许多多这样的人，这就是真实的人间。

我有时候也会停下来跟他们聊天，他们有的是带着老婆孩子一起来到陌生的城市讨生活的。有一个老赵，我问起他的老婆是不是还在洗衣店打工，旁边有人起哄说他老婆跟人跑了。老赵脸上露出憨憨的笑，浑不在意地回怼起哄的人……

随着雇主的到来，这些人开始分散于这座城市的各个角落。他们的人生还在继续，他们的内心也绝非是脸上憨憨的笑容那般简单。他们都可能走进我的小说，我小说里的原型就是这些为了生存奔波的芸芸众生。

蒋肖斌：小说中的故事略显残酷，你希望读者读完后会有什么感触？

余耕：一直以来，我都怀疑那些只会赞美的作家的动机。小说的功能之一就是揭示社会阴暗面、揭示人性之恶，引发读者思考和警醒。我希望读者在对现实的针砭中看到光明、看到希望，这才是现实题材小说的价值所在。

蒋肖斌：作为作者，你喜欢悲剧的结尾还是喜剧的结尾？作为读者呢？

余耕：无论作为作者还是读者，我都不介意小说的结尾是悲剧还是喜剧。悲剧喜剧要看小说架构的需要，不能一概而论。我认为，一个国家的历史和文化越是厚重，它承载悲剧的能力也就越强大。相反，见不得文学的眼泪和悲剧的“巨婴”心态，既不利于文学的成长，也不利于文化的进步。

蒋肖斌：你说要把此生不敢干的事情都在小说里干一遍，有哪些事？

余耕：多少年来一直想去攀登珠峰，年轻时候苦于经济压力，一直没有去成。后来，与几位登山家交流，得知我这种爱出汗的体质根本不适合攀登雪山，因为我会被自己出的汗冰死。随着年龄渐大，攀登珠峰这件事已经不可能实现了。于是，我在小说《金枝玉叶》中让冯南燕攀上了珠峰，而最终他就是被自己的汗水冰死了。

再例如，我在北京居住了20年，收藏了3000多张黑胶唱片。因为这些黑胶唱片，我曾经延缓了两年回青岛，因为我不知道如何运输这些娇贵的唱片。那两年我甚至动过卖掉黑胶唱片的“邪念”，可是终究没有舍得。最后我用了几大捆海绵，整理打包了30多个箱子，雇了一辆厢式货车才把它们运回青岛。而在小说《我是余未来》中，余未来把他辛辛苦苦收藏的3000多张黑胶唱片舍掉了，他觉得放下牵绊，才能成就自由。

蒋肖斌：还有什么想做的事情没写进小说？

余耕：我还有很多在意并得意的事情没有写进小说，例如我热爱的篮球，我将来肯定会有一部关于篮球的小说。目前最想写、最想做的是参与到历史中去，当然不是穿越小说，而是通过小说重新研判历史走向的可能性；我还有一个创作新武侠小说的梦想，希望尽快实现。

蒋肖斌：你平常喜欢看什么书？最佩服的作家是谁？

余耕：我读的书比较杂，这些年来读的书大多是为写作服务的工具书。例如写《古鼎》时，读了很多关于青铜器和甲骨文研究方面的书。我最近在读安吉拉·卡特和帕特里克·莫迪亚诺的书。我佩服的作家有很多，马尔克斯、大仲马、欧·亨利、曹雪芹，等等。

蒋肖斌：你有什么业余爱好？

余耕：我的业余爱好挺多，打篮球、打牌、收藏黑胶唱片和烟斗……打篮球是贯穿我前半生最重要的爱好，我的通讯录里至少有四分之一的朋友是通过打篮球认识的。打牌是我现在最主要的娱乐活动，大多是陪我母亲和舅舅他们一帮老头老太太打。

蒋肖斌： 做过这么多职业，你说最喜欢的工作是记者。如果你是记者，来采访《我是余欢水》原著作者，你想问他一个什么问题？

余耕： 我觉得余欢水的故事应该继续下去，你会不会写余欢水的续篇？

蒋肖斌： 那你会吗？

余耕： 不会。

那多：想让你相信我，就像相信茨威格的迷咒

那　多

那多，原名赵延，生于上海。做过公务员、记者，后经商，现专职写作。

2001年开始发表作品，先后创作“三国事件簿”系列、“那多手记”系列等小说30余部。作品总销量数百万册。2012年之后，创作转向当下，以对人性的拷问见长，出版《19年间谋杀小叙》《骑士的献祭》《人间我来过》等社会小说、犯罪小说。

当我做好了悬疑小说的“定式”，接下来想尝试的就是如何去推翻“定式”，而且还能达到更好的效果。

一个夜晚，那多在屋里写小说，父亲突然推门进来，手里拿着一本书，“我看到一些东西，很适合你用来做小说素材”。那本书是茨威格的自传《昨日的世界》。那多把手头的事情干完，才开始看父亲指给他的相关内容，看完已是凌晨，一个人待在屋子里，他忽然觉得毛骨悚然。

作为一个悬疑小说家，那多的小说中从来不缺惊悚的情节，虽然有时也不免入戏，总还知道那一切都是自己创造出来的。可是茨威格所说的“死亡事件”，是真正发生过的。为了写这部小说，那多托在德国的朋友，查询茨威格自传中提到的3个人的死亡日期和死因——茨威格没有骗人。之后，那多完成了小说《秘密实验·百年剧本迷咒》和《秘密实验·甲骨碎》。

写了十几年悬疑小说，那多仍在继续。写作已经成为他生活的一部分，写作之余，他和很多作家一样有个爱好——打牌。他的多部小说的主人公名叫“那多”，小说情节真真假假，他说：“我想让读者相信这可能是真的。”

蒋肖斌：你创作的很多故事，比如“那多灵异手记”系列，这次出版的两本“秘密实验”系列，都会把现实与虚拟做一个嫁接，为什么？

那多：当一个故事有点“悬浮”，有点“开脑洞”的时候，通过一些方式，我希望读者可以相信我的故事是真的。

蒋肖斌：小说中的“现实”来源有哪些？

那多：我刷手机的时候会比较注意看新闻，觉得一个新闻有演绎的可能性就会收集；《百年剧本迷咒》来源于茨威格自传《昨日的世界》；有时候看到一些案件也可以作为小说的种子。

蒋肖斌：“那多”是你的笔名，也是很多小说的主人公，为什么这样处理？

那多：也是为了给读者真实感，用第一人称讲故事，假装这些都是“我”——作者本人经历过的。的确有读者会问我，你的小说里到底有多少是真的？从这个意义上来说，我觉得我的目的达到了。在《百年剧本迷咒》中，“那多”是个一闪而过无关紧要的人，那是一个小趣味，为了好玩，想和我的老读者打个招呼，让大家会心一笑。

蒋肖斌：写悬疑小说的作家会有把自己吓一跳的时刻吗？

那多：基本不会，我其实很少在小说里故意吓人。我只是给读者一个比较强的画面感，至于吓不吓人要靠读者自己的想象力。

蒋肖斌：会在动笔之初就计划好整个故事吗？

那多：我近些年写的犯罪小说，像《19年间谋杀小叙》《骑士的献祭》，必须要想得非常清楚才动笔。因为这类小说对逻辑的要求很高，只有事先理清楚，才能去铺陈故事。

蒋肖斌：很多小说家为了让故事更真实，会去体验生活，作为悬疑小说家，需要体验生活吗？

那多：并不是所有的小说家都要体验生活，很多成功的小说家，写的并不是他的生活。我觉得重要的是作家如何去理解真实的世界和真实的生活，并且在小说中呈现出来。有的事是必须真正做过才能理解，但有的事是可以通过其他方式去理解的，比如采访，比如对生活的观察和推演，比如阅读。

我在写《百年剧本迷咒》的时候，阅读了茨威格方方面面的书和资料；在写《甲骨碎》的时候，也阅读了大量关于甲骨文的资料。准备性阅读的大量材料，可能在写作的时候并不会用到，但可以帮助我先构建起一个自己能够信任的世界，这让我写作的时候不会觉得“虚”。如果作家自己都“虚”，写出来的东西如何让读者信任？

蒋肖斌：写了那么多年悬疑小说，对这个门类有什么探索的新方向吗？

那多：在构思《百年剧本迷咒》的时候，是想尝试一种“知识悬疑”，把弗洛伊德的精神分析、达利的超现实主义画派、茨威格的小说等组合为背景，使一部悬疑小说融合历史、艺术、文学等多种元素。

蒋肖斌：悬疑小说几十年来一直有读者，悬疑剧也是最近的热播类型，人们为什么一直对悬疑有热情？

那多：在我的理解中，以悬念为核心的讲故事的小说，都可以归为悬疑小说，所以像盗墓小说、推理小说，都属于这一类。悬念，是可以吸引大部分人的一个法宝。

但写悬疑小说非常考验作家，因为写一个吊人胃口的开头总是容易的，但是要把这个故事讲下去，不仅要在逻辑上能有一个解答，更重要的是，这个故事的高潮肯定不能在开头。所以当你的开头写得非常吸引人的时候，你要面对的就是如何把故事真正的高潮在之后把开头压过去，不然，就会给人虎头蛇尾的感觉。这才是对悬疑小说家真正的挑战。

蒋肖斌：有人觉得悬疑小说这样的类型小说是“不登大雅之堂”的，对此你怎么看？

那多：当然，悬疑小说不是严肃文学，是一个类型文学，它的标准和严肃文学是截然不同的。悬疑小说以故事为核心，讲述故事的方式也和严肃文学不同。它更看重如何在关键时刻抓住读者、把握读者的心理，有一种节奏感。打个比方，就好像好莱坞电影，会要求编剧必须在前几分钟出现一个高潮，实际上也是为了抓住观众。相比之下，严肃文学和艺术电影，就不会有这样的要求。

但做好了这些“定式”，我接下来想尝试的就是如何去推翻“定式”，而且推翻后还能达到更好的效果。比如，犯罪小说最重要的悬念是谁是凶手，而我在《骑士的献祭》中有一个不合常理的做法——一开始就告诉读者谁是凶手。失去了这个悬念，就会要求我在其他方面做出更多努力来吸引读者。

蒋肖斌：你一般在怎样的状态下写作？

那多：周一到周五，早上10点起床，下午写三四个小时，比较规律。其实只要没有手机，我都可以写。对我写作影响最大的就是手机，它能把时间全部碎片化。写作对我来说非常需要自制力，是无法用碎片化时间完成的，必须要孤独地去走这段路。但如果旁边有个手机，我一感到困难，就会忍不住停下来，去看看微信刷刷微博，这种几分钟、甚至只有几秒钟的打岔，也会让之前的写作状态停顿。

所以我写作的时候，通常会把手机放在一个我拿不到的地方，或者把手机放在家里，出门去咖啡馆里写。

蒋肖斌：你有喜欢的作家吗？

那多：不同阶段不一样。小时候喜欢金庸、古龙、倪匡，看了一堆他们的通俗小说，决定了我后来的创作方向就是类型小说；当我的创作方向从灵异往现实转变的时候，丹·布朗等欧美当代悬疑作家对我的影响很大，我当时很喜欢快节奏的小说，《百年剧本迷咒》和《甲骨碎》就是这个类型的；近些年受日本小说的影响，比如东野圭吾，开始喜欢慢慢地讲故事。

六神磊磊：我想讲的是江湖运行的底层逻辑

六神磊磊

六神磊磊，金庸迷，国内知名的金庸小说解读者和唐诗文化传播者。著有《唐诗寒武纪》《六神磊磊读金庸》《六神磊磊读唐诗》等。

流行文化无法取悦每一代人，如果没有经受住时间的检验，它就消亡；如果经受住了，它就成为经典。

说到金庸武侠小说，可以自动忽略“武侠”，甚至“小说”，“金庸”两个字就代表了那个快意恩仇的江湖。当六神磊磊从2013年起开设公众号“六神磊磊读金庸”，金庸的江湖就又多了一个围观的宋兵乙。

《六神磊磊读金庸》2021年出版，在对金庸11部作品的解读中，六神磊磊读出的是“不再心中一荡，谁来怜我世人”。

金庸小说里有“侠之大者，为国为民”，也有“怜我世人，忧患实多”。行侠仗义的本质是什么？六神磊磊觉得，是同情。“武侠”二字，“武”和我们渐行渐远，但“侠”永远不会过时。看到别人的苦难，能感同身受，这是金庸武侠的核心。

蒋肖斌：写了那么久《六神磊磊读金庸》，书中的文章是怎么选出来的？

六神磊磊：有从以前文章中筛选出来的，也有新写的。时事相关的文章就不收了，毕竟时过境迁。选的都是与小说相关、直接从小说解读的。当然，我选的都是自己觉得写得最好的。

蒋肖斌：你最早读到金庸的武侠小说是什么时候？

六神磊磊：我们那一代人躲不开金庸，电视里一直在播放金庸的武侠片。我真正看原著是在初中，看的第一部是《神雕侠侣》。那时候资讯不发达，看了几年小说，才知道金庸长什么样。

当时看的金庸小说都是从书店租的，10元押金，4角租一天。但很可怕的是，如果租来的书被老师收缴了，10元押金就退不回来了，“资金链”断了，就看不成了。大概是1995年，班上有个同学买了一套盗版的金庸全集，也要299元巨资，他特地搬到教室来开箱。

蒋肖斌：那时候有没有想过自己拥有一套金庸全集？

六神磊磊：不可能啊，不仅是贵，家长也不同意你看，买了之后那么一大箱子书藏哪里？现在我家里有三套不同版本的原著，还有几套口袋本，甚至还有一些早年的盗版。

蒋肖斌：金庸最后一部长篇《鹿鼎记》写于1969年，也已经是半个多世纪前的事了，金庸武侠还能有持续的吸引力吗？

六神磊磊：先说一个有趣的现象，经典在诞生之初都是非常大众的，比如《红楼梦》面世时就是一部通俗小说，是少男少女排遣寂寞的读物。清代有个女孩痴迷《红楼梦》，读出病了，家人就想着把书烧了说不定病能好，谁知女孩崩溃大喊“奈何烧杀我宝玉”，竟然吐血而亡。但是前段时间，我组了个群和大家一起读经典，大家纷纷表示千万不要有《红楼梦》。西方名著也是类似的命运，比如，《少年维特之烦恼》也是当年的青春读物，而今天愿意打开这本书的人也越来越少。

所以，当年的潮流会慢慢被束之高阁，这是必然现象。流行文化无法取悦每一代人，如果没有经受住时间的检验，它就消亡；如果经受住了，它就成为经典。

有家长跟我说，特别想让孩子看金庸小说，但孩子就是不爱看，不知道如何引导。太有趣了，我们这辈人小时候，家长严防死守不让看，现在的家长强迫孩子看。看原著的人越来越少，但现代人会通过更大众的方式去认识经典，比如电影、电视剧、漫画，看过金庸武侠片的人一定比看过原著的多。

蒋肖斌：金庸的封笔之作是《鹿鼎记》，你书中最后一篇是《侠客消亡年》，武侠小说在当下还有它的生存环境吗？

六神磊磊：我倾向于把这个问题想得简单一些，不是武侠不行，是写武侠的人不行。比如，20世纪七八十年代，日本也一度出现日本武侠小说没落的论调，但不久出了一个藤泽周平，开辟了武侠的另一种类型——他笔下的主人公不是大英雄大侠客，而是为藩主工作的低级武士，有着市井俗人的苦恼。

金庸、梁羽生、古龙……都是当时一流顶尖的文人，他们创造了“新武侠文学”。现在如果有一流顶尖的人愿意去投入武侠小说创作，说不定武侠就又行了，关键在于创新。

蒋肖斌：现在仙侠似乎比武侠要热？

六神磊磊：我们当年看武侠的时候，武侠承担的功能是“爽”，没有人想着要去武侠里找什么意义。但是现在武侠不承担“爽”的功能了，大家寻求的刺激越来越强，口味越来越重。以前觉得一掌出去打倒一个人，过瘾；现在要打垮一座山、打爆一个星球，才够。

蒋肖斌：为什么金庸小说里描写的武功，越靠近后期也越弱？

六神磊磊：两个原因：一是越靠近当下，史料越丰富、现实感越强，就越不好“编”，读者愿意相信宋朝的人能飞天遁地，清朝的人这样就不太可信了；二是金庸心态的变化，觉得行侠仗义解决不了任何现实问题，理想主义破灭，心态也许有一些苍凉。

蒋肖斌：长期以来对金庸小说的解读就不少，你觉得自己的特别之处是什么？

六神磊磊：我比较喜欢小说中的人情世故，我想讲的是江湖运行的底层逻辑。

比如，书中有一篇《一篇精彩的领导讲话》，讲的是《神雕侠侣》中，丐帮主要领导梁长老，在丐帮选新长老的大会上的公开讲话，我对这个讲话做了解析，它难在哪里、高在哪里；还有一篇《曼陀山庄的形式主义》，讲的是《天龙八部》中，王语嫣的妈妈王夫人为什么总也种不好茶花，因为这是一场自上而下的形式主义，不是技术问题，而是制度和人性的问题。

蒋肖斌：你是在用金庸小说表达自己想说的话，还是在分析金庸小说本身的意图？“金庸注我”还是“我注金庸”？

六神磊磊：那肯定还是“我注金庸”。这个事应该这么讲，有的是作者存心这样写，有的作者未必存心，但也许有潜意识。比如梁长老的讲话，金庸未必认真思考了我写的那些，但是他就是有这个本领，洞察人性和职场，信手拈来就能抓住关键。

蒋肖斌：你觉得金庸小说中哪个故事最有现代感？

六神磊磊：《白马啸西风》中的李文秀，她的爱情状态在古代背景的小说中是很少的。她身在西北大漠，在精神上像一个现代人。尤其她在结尾说的那句话，“那都是很好很好的，可是我偏不喜欢”。

蒋肖斌：这个问题虽然有些老，但我还是想问，你最喜欢金庸小说中的哪个人物？

六神磊磊：现在比较喜欢包不同，《天龙八部》里的一个人物。因为他有一个女儿，虽然长得丑——“年方六岁，眼睛一大一小，鼻孔朝天，耳朵招风”，但他还是很喜欢。我也有了女儿，也有点这个心态。

蒋肖斌：你最喜欢小说中的哪一个场景？

六神磊磊：《笑傲江湖》里有一幕，小镇鸡鸣渡的一个小酒馆里，令狐冲和莫大先生喝酒，船窗中透出灯光，倒映在汉水之中，一条黄光，缓缓闪动。莫大先生的琴声渐趋低沉，静夜听来，甚是凄清。我觉得这一幕特别美，可能是金庸小说里最美的场景之一吧。一个被世人误解、落魄天涯的人得一知己，这种突然而来的温暖，感觉太好了！

我的书中有一篇讲令狐冲和莫大先生的友谊，他们之间没有道德绑架，没有谁必须帮谁的义务。比如，令狐冲和任盈盈在少林寺被正派高手围困，莫大也在其中，但自始至终保持沉默，没有为他们说过什么话；反过来，在华山思过崖的黑洞里，大家同时被人围攻，令狐冲一门心思只记着盈盈，顾不上救莫大；但条件允许的时候，他们又都义不容辞，挺身相助。

后来，令狐冲功成名就，成大侠了，办喜事，前来贺喜的江湖豪士挤满了梅庄，这里面趋炎附势的恐怕也不少。按理说，莫大先生完全可以来，主婚证婚都当得起，但他没有。他不现身、不吃喜酒，就等大家闹完了，才在墙外拉了一段《凤求凰》。

这样的友谊，让人感动，是最令人向往的友谊。

流潋紫：《甄嬛传》十年后，返身记录日常小欢喜

流潋紫

流潋紫，浙江湖州人，中国作协会员，浙江省作协第八届主席团委员，杭州市作协会第八届委员会委员、类型文学创委会副主任。

代表作有长篇小说《后宫·甄嬛传》《后宫·如懿传》，编剧作品《甄嬛传》《如懿传》等，现为作家、编剧、自由撰稿人。曾获“年度浙籍作家”、“首届杭州文化人物”、2017 年“浙江十大杰出青年”等荣誉称号。

我学的是师范专业，从学生时代起，目标就很明确，未来要当老师。人一辈子能够实现自己的愿望，从事喜欢的职业，是一件非常非常幸福的事情。

距离《甄嬛传》首播已过去了十余年，流潋紫被人介绍时，最著名的还是《甄嬛传》原著小说作者兼编剧。2021年，她的首部散文小说集《久悦记》由作家出版社出版。这次没有宫斗、不是架空，仿佛洗净铅华，她把视线投向了当下的生活。写糖炒栗子、写新年穿什么，写失眠、写孤独，倒是其中的几个爱情故事依旧犀利，各种关系的男女情感牵绊，热闹又荒凉。

流潋紫说：“可能十年、二十年后，等我的孩子长大了，他回头看到这一本《久悦记》会知道，‘哦，以前我们的人生、我们的生活是这样的’。我想这就是写作最大的意义。”

蒋肖斌：新书为什么没有延续以前读者熟悉的主题？

流潋紫：其实我一直蛮喜欢写宫廷题材的小说，也一直在创作。萌发创作《久悦记》的念头比较突然。新冠肺炎疫情期间，生活突然有了改变，心境也会有着难以言说的变化，我想用文字记录下这一特殊时期里的种种变化，也夹杂着忧愁的心情。但即使在忧愁里，每个人的生活还要继续，还会有点点滴滴的小欢喜、小快乐。我坚信这些快乐会长久地继续下去，所以就有了《久悦记》。

我写《久悦记》，家人是不知道的，就好像我写《甄嬛传》是在大学寒假勤工俭学时，白天在超市里打工，晚上写，妈妈还以为我在网上玩。

回到《久悦记》，书里更多是对我童年、少年时代的一些怀想，现在我自己也为人母，看着孩子的童年，就好像看着自己的童年又重新过了一遍，会有家人间特别的亲情味道。

蒋肖斌：《久悦记》小说篇里的爱情与婚姻并不完满，为什么选择写这种类型？

流潋紫：《甄嬛传》也好，《如懿传》也好，都是婚姻和爱情的不完满。《甄嬛传》中说，这么多年的痴情都错付了，只换得一句“菀菀类卿”。《如懿传》就更悲伤，而且是更无解的难题：你曾经念念不忘的深情的少年郎，怎么会变成现在这个模样？所以如懿死去的时候很平静，她那句“花开花落自有时”，表明放下了对爱情的执着。

《久悦记》是把古代的爱情故事放到了现代的环境来说。现代的爱情故事怎么样呢？支离破碎的爱情，无以为继的婚姻，比比皆是。很多时候，别人会因为我写过爱情小说，就把我当作一个倾诉对象。其实我就是一个凡人，也会在婚姻和爱情中遇到各种各样的难题。所以，我写不出这难题的良药，只能写写它们的苦涩和痛苦，写各种光怪陆离的婚姻和爱情的状态。

《久悦记》中让我感触比较深的是《小姨太》。我想表达的是，希望这个世界的女人活得越来越潇洒，不再被束缚，找到真正的爱情和快乐。

蒋肖斌：架空历史和把故事放到一段历史中，你更喜欢哪种创作方式？

流潋紫：这两种创作方式我都是尝试过的。《甄嬛传》的小说是架空历史；《如懿传》的小说是有历史背景，设置在乾隆时期，讲的是乾隆和他的继后乌拉那拉氏的感情。

我更喜欢架空历史的创作，写起来更加天马行空、行云流水，加入很多大胆的想象和创意，不需要被朝代背景、服装和人物的真实命运所束缚。

蒋肖斌：你会根据读者的喜好去创作吗？

流潋紫：很多时候，读者觉得我写的小说都是悲剧，说我是个“后妈”。我在创作之初就设定好了人物结局，并不会因为读者特别喜欢某个人物，比如眉庄、玄清，就去改变他们的命运，给他们美好的结局。

于我而言，这样做恰恰是不真实的、虚幻的，所以我一般不会受读者的影响去创作，影响我更多的是身边的一些好朋友。

我走出自己熟悉的小说题材，第一次尝试散文写作，就是受到朋友的鼓励。我平时会写一些随笔记录生活，有时拿给朋友们看。她们说读来很有意思，建议我试试写散文，就这样越写越多，想不到最终集结成册。

蒋肖斌： 创作长篇和中短篇小说，对你来说最大的不同是什么？

流潋紫： 创作长篇像一场马拉松比赛，坚持到最后拼的是毅力；中短篇，尤其是短篇，可以信手拈来。

创作《久悦记》的时候，朋友鼓励我每天都写一些，每周写一两个短篇，不让自己的手停下来。我慢慢写，不拘长短，就有了《久悦记》。我同时也写一些中篇小说，在较短的篇幅里抒发对婚姻和爱情的看法，写起来比较痛快。

蒋肖斌： 你因为小说为人所熟知，但一直把教师视为本职？

流潋紫： 我学的是师范专业，从学生时代起，目标就很明确，未来要当老师。人一辈子能够实现自己的愿望，从事喜欢的职业，是一件非常非常幸福的事情。所以，尽管我后来从事写作、编剧等工作，都没有动摇过我当老师的信念，本职工作一直是教师。

我喜欢跟学生在一起，陪着孩子们成长、学习，感受孩子们带来的无数惊喜，让我觉得生活美好，充满动力，而且教书育人让我感受到沉甸甸的责任，我非常珍惜现在的工作，更珍视教师的身份。

蒋肖斌： 现在你的写作状态是怎样的？

流潋紫： 我是一名老师、一个孩子的母亲，每天的生活就是围着孩子们转，有空的时候写作。虽然我写得比较慢，但是一直坚持在写，这是我不会放弃的梦想。

写作对我而言是一种兴趣爱好，用来记录时间里发生的种种有趣的故事。随着年龄的增长和社会阅历的丰富，想法越来越多，也很矛盾，落笔的冲动反而少了，更多的是思考。

蒋肖斌：成为母亲后，家庭生活对你的创作产生了什么影响？

流潋紫：家庭生活的参与会让我在写现代小说时更加得心应手。我知道一个主妇的生活是什么样子，怎样一边工作一边带孩子，再把这些生活的琐碎融入小说里，让小说充满浓重的生活气息。

我生孩子没有请月嫂和保姆，一直自己带孩子。这样确实非常辛苦，占用了我绝大部分的时间。但陪伴孩子长大的过程中，我也收获良多，这种成就感和获得感是任何奖项都无法比拟的。我平时不太专门写育儿日记，但是在《久悦记》的几篇散文里，我还是情不自禁地写了一些和孩子相处的生活。

之前考虑过专门为孩子创作作品，尤其是我孩子的同学，他们知道我是作家，提出希望我为他们写一部童话，我自己也蛮有兴趣的。但作为一个一直陪伴孩子阅读的母亲，我深知儿童文学的门槛其实很高。所以尽管我非常愿意尝试，但不会轻易示人，写好后我会先给儿子读，也会给他的同学看，如果孩子们非常喜欢，我才会考虑出版。

刘亮程：日常给作家最漫长的陪伴

刘亮程

刘亮程，1962年生，在新疆北疆沙漠边的小村庄出生长大，通农事，知节气，会手艺，熟悉草木牲畜。中专学农业机械，在乡农机站工作期间写诗，之后离开乡村在乌鲁木齐工作期间开始写散文。

著有诗集《晒晒黄沙梁的太阳》，散文集《一个人的村庄》《在新疆》《把地上的事往天上聊》《大地上的家乡》，长篇小说《虚土》《凿空》《捎话》《本巴》及各种选本50余种。获鲁迅文学奖、茅盾文学奖等，作品被译为英文、阿拉伯文、韩文、马其顿文等。

2013年入驻新疆木垒县英格堡乡菜籽沟村，创建菜籽沟艺术家村落及木垒书院，现任新疆作协主席。

文学写作是一场从家乡出发、最终抵达故乡的漫长旅途。

新疆昌吉州木垒县英格堡乡菜籽沟村，晚上8点，太阳还未落下，是饭后散步的好时候。风声、鸟鸣、拖拉机发动机的突突声，成为刘亮程说话的背景音。

在纪录片《文学的日常》第二季中，刘亮程带着朋友来到他在村里建的木垒书院。戴着草帽、扛着锄头，走两步就蹲下来揪一根可以生嚼的苜蓿或者蒲公英……刘亮程的出镜形象，和他住了10年的菜籽沟村其他农民相比，不能说一模一样，也是大差不差。

书院的一切都是旧的，旧院子、旧房子、旧门窗，老树，还有老人。最近，书院要挂一块“刘亮程文学馆”的牌子，他满院子找能做牌子的木头，最后相中了一个旧马槽，翻过来，正合适。

出生于新疆古尔班通古特沙漠边缘的一个村庄，以《一个人的村庄》而被称为“20世纪中国最后一位散文家”，现在，刘亮程依然生活在村庄。

蒋肖斌：很多作家都喜欢写故乡，而且是离开故乡后才写，你的《一个人的村庄》也是在城市里书写的。作家为什么要“离开”后写作？

刘亮程：首先我想区分家乡和故乡的概念：家乡是你地理意义上出生的地方，一个村庄或者一个街区，通过一条路你就可以找到；而故乡是一个心灵深处的所在。家乡需要我们离开，到了远方，获得了认识她的能力，再把她重新捡拾起来，然后，成为故乡。

一个作家的写作，大多是从家乡出发，携带着他对家乡的所有情感，在对家乡的书写中，一步一步抵达故乡。所以，文学写作是一场从家乡出发、最终抵达故乡的漫长旅途。许多作家写了一辈子的家乡，把家乡写成了故乡；但还有一些作家，把自己的家乡写成了书中人物的故乡。

《一个人的村庄》当然有故乡的意义，是我离开家乡在乌鲁木齐打工期间写的，是我用心收藏的一个已经远去的村庄。我所有的童年、少年时期都留在了那里，她给了我太多太多的故事。说起那个村庄就像做了一场梦，已经沉睡的生活就又被刺激醒来。对我来说，只有当生活成为往事，我重新回忆的时候，才会一点一点去走近。当远去的生活如梦一般被悬置起来，我就知道，可以动笔了，写作是对生命的第二次理解。

蒋肖斌：你小时候的生活很苦，这本书里为什么看不到任何阴暗，反而让人觉得阳光充沛？

刘亮程：我早年生活非常不幸，8岁父亲就不在了，母亲带着7个未成年的孩子，在村子里艰难度日。那样的生活让有的作家去写，可能会写成一部苦难史。但是当我成年之后回忆童年，一切苦难竟然都被我消化掉了。反而是童年一场一场的风、一夜一夜的月光和繁星，草木，虫鸣，一个少年在村庄里无边无际的冥想和梦，成为我写作中最重要的东西。文学写作让作家重返童年，理解了那些苦难，理解了那些可以放下的东西。

蒋肖斌：你一直在写书，怎么拍起纪录片了？

刘亮程：如果是一个纯讲文学的纪录片，我可能会犹豫，但《文学的日常》来到一个作家的居住地，从我喜欢的日常介入，就觉得挺好。拍的时候也没有提纲，一路走一路聊，但都是我想说的、思考过的问题。其实作家的日常也是他文学的一部分，尽管日常不会被写成文学、将被遗忘，但日常对作家来说，是一个最漫长的陪伴。

蒋肖斌：现在你回到了村庄，在菜籽沟村生活，你的日常是怎样的？

刘亮程：昨天进了趟县城，见了几个朋友，到一个哈萨克人家里吃了一顿饭，喝了一场大酒。今天就跟那块木头（旧马槽）忙活了一天，字是我写的，和朋友一起刻的，一天就过去了。

平时早上起来，精力比较旺盛，我会写作。下午2点吃饭，3点午休，睡到5点，起来干两个小时农活。书院常有几个年轻的志愿者，多半是大学生或者文学爱好者，从其他省过来，我们一起耕读。

蒋肖斌：当时建木垒书院的初衷是什么？

刘亮程：其实是一次非常偶然的行走，发现了这样一个废弃的老学校在拍卖，有人想买来当羊圈，我当场就决定买下。买下之后，才意识到想做一个书院；而所谓书院，一开始也不知道要干啥，那就先当成一个菜园吧，地不能荒着；种着种着，有想法了，把老房子改造完，挂个书院的牌，文人嘛，总有一个晴耕雨读的田园梦和书院梦。

蒋肖斌：在纪录片中看到你们在书院种了很多东西？

刘亮程：那必须的。书院有四十多亩地，其中有三亩地种菜，一到夏天我们吃菜基本能够自给自足。刚来这儿的时候还种了几亩地的麦子，因为不打农药也不用除草剂，结果一半是草，结了很多草籽。它们长得一样大也不好分辨，最后双双丰收。于是我们像羊一样，吃了一年的草籽麦面，还好麦粒是多数，味道微苦。

我已经在这里生活了10年，50～60岁对一个人来说，可能是最后干一点事的机会。如果没有这个书院，我可能会干更多别的事，但也不能说是耽误，因为这些事可能好也可能坏，也许去经商然后破产了。

蒋肖斌：你还想经商？

刘亮程：我一直都在尝试经商。20世纪90年代初全民“下海”的时候，我开过一个农机配件门市部；还在乌鲁木齐开过“一个人的村庄”酒吧，结果一年多就倒闭了，把书的版税全都赔完，于是我又开始写作了。

蒋肖斌：现在的年轻人说向往“诗和远方”，你年轻时候的“诗和远方”是什么？

刘亮程：我出生成长在遥远的新疆的一个遥远的村庄，而且在写诗，所以“诗和远方”就在我身边。后来离开家乡到乌鲁木齐打工，就再也没写过诗，“诗和远方”都从我身边消失了。一个原因是诗歌是我青春期的一种写作，离开家乡时30多岁了；另一个原因可能是在城市打工，过着太现实的生活，心中的诗意被打断了，诗成为一种茫然的存在。

蒋肖斌：最近你出版了新书《本巴》，你说是被蒙古族史诗《江格尔》中“人人活在25岁”这句诗打动。你25岁的时候在做什么？

刘亮程：我24岁结婚，25岁已经有了孩子，在一个乡的农机站当农机管理员，整日和拖拉机驾驶员打交道。那时候生活很茫然，不知道自己能做什么，也写诗，但没把文学当成一个太大的事，毕竟距离那些著名的诗人，像北岛、舒婷，太遥远了。

再大一点，开始为生活着想，于是开始做生意，第一笔生意就做成了，在“万元户”时代挣到了一万块钱，太厉害了！于是就想既然做生意这么简单，为啥还要做生意，于是又开始写东西。

蒋肖斌：你最喜欢的年龄是几岁？

刘亮程：每个年龄段我都喜欢，有时候我更喜欢现在的年龄。到了60岁，我就同时拥有了50、40、30、20岁，拥有了壮年、青年和童年。对写作的人来说，所有的年龄都还没有过去，可以在写作中回到任何年代。

蒋肖斌：你想回到什么年龄？

刘亮程：童年。童年什么都不知道，不知道辛苦，不知道不幸，觉得拥有整个世界。

蒋肖斌：作家马原说过一句话，“每一个写字的人，都有终老之地。每一颗思索的心，都有栖息之处”。你希望的终老之地是哪里？

刘亮程：我已经在菜籽沟活到60岁了，只能在这里慢慢度日。当然，我还是喜欢这个村庄的。这里遍地都是我熟悉的东西：榆树、白杨树、杏树、沙枣树……我一出生闻到的就是沙枣花香，现在每个春天都能闻到。尽管这里离我出生的村庄有一千里远，但这些树木和树上的鸟是一样的，甚至刮的风都是一样的。这就是我喜欢的地方。

蒋肖斌：我听到了你那边的风声。

刘亮程：太阳落山了，我也该回家了。书院的西边是一个小山梁，太阳已经落到了山梁后面，但落到地平线下还早呢。

何建明：为“万鸟归巢”的海归创业青年立传

何建明

何建明，江苏苏州人，著名作家。中国作家协会第七、八、九届副主席，中国作家协会报告文学委员会主任，茅盾文学院院长，上海大学博士生导师，全国劳动模范，享受国务院特殊津贴专家，中宣部“四个一批人才”，全国新闻出版领军人才，第十二届全国政协委员。

当代中国报告文学领军人物，40余年创作出版60余部作品，代表作有《石榴花开》《诗在远方》《革命者》《山神》《浦东史诗》《南京大屠杀》《那山，那水》《落泪是金》等，曾三次获鲁迅文学奖，六次获中宣部“五个一工程”奖，多次获得中国政府出版奖和“中国好书”等。作品被译介到十几个国家，在国内外产生重大影响，是首位获得俄罗斯国家图书奖的中国作家。

我十分喜欢采访，尤其是到一线、现场采访，这是我的必修课，并且绝对不会轻易减轻这个工作量。

何建明职业生涯的第一份工作是记者，这可能为他后来成为一名报告文学作家做了某种准备。2021年末，他从连任了三届的中国作协副主席的岗位上卸任后，写作的事却更忙了。中国那么大，在他眼里全是选题，经常在外面跑一天，回来再写4000字，日复一日，有着旺盛的精力，以及坚强的颈椎。

从20世纪90年代揭露中国矿产资源危机的《野性的黑潮》、讲述贫困大学生问题的《落泪是金》、全景式描述高考的《中国高考报告》，再到《国家行动：三峡大移民》《非典十年祭·北京保卫战》《爆炸现场：天津“8·12”大爆炸纪实》《死亡征战：中国援非抗击埃博拉纪实》等重大事件，还有《国家》《革命者》《浦东史诗》《大桥》……近70部报告文学作品，对中国40余年的观察，他从未缺席。

最近，出走半生的游子回到了故乡苏州，这里有小桥流水人家，更有海归青年创业的传奇，何建明的笔是闲不住的。

蒋肖斌：你的新作《万鸟归巢》讲述了海归青年在苏州金鸡湖畔的创业故事，你是如何发现并决定写这个选题的？

何建明：苏州是我的故乡，自古以来，苏州一直是文学特别关注的城市，而改革开放之后的苏州，绽放着独特的美丽与繁荣。苏州工业园区是“新苏州”的借名词，也是中国对外开放的“窗口”。一块“巴掌大”的地方，每年为国家创造的财富超过西部一个省的总量。这种经济与社会发展形态，在中国独一无二，在全世界也是罕见。

谁在创造这样的奇迹？是青年，是那些海外归来的青年科学家们。我一直关注这块“生金焠银”的地方，更何况，这是块散发着蓬勃青春气息的土地。我关注的是这块土地上每一位海外归来的青年，关注他们落地、生根、成长、进步，以及发展与成就事业的整个过程。

蒋肖斌：其他地方也有海归青年创业，苏州有什么特别之处？

何建明：如果按单位面积计算，金鸡湖畔的苏州工业园区的海外人士，是全国最集中的，创造的财富是最大的，海归青年群体的质量是最高的，同时，园区给予海归人员的政策也是最好的。几十年来，土地与海归和谐共存、共荣的成果也是最令人心潮澎湃的，因此自然是我的首选。

金鸡湖的自然美丽与海归青年的创造激情，一起营造了新苏州的今天，又诞生了许多创造财富、强盛国家、完美自我等方面的经验，是其他地方所没有的，特别值得我们学习。比如，企业管理经验、社会管理模式、经济与文化之间的共进等，都是世界上最先进、最暖心的范例，因此才有了长期以来“万鸟归巢”的壮美景象。

在我采访的对象中，他们告诉我最多的是：来到苏州工业园区，不仅自己不想再“远游”了，还把家也搬来了，在这里不仅创造了事业，还养育了下一代……这是真正的生根，是事业与生命的生根。

蒋肖斌：你的采访与写作过程是怎样的？对哪个青年印象深刻？

何建明：我在创作时有一个习惯：书写家乡的一个题材，一般时间很长，通常会几年甚至十几年，才能最后定下来写它。因为对家乡太了解，反而会更谨慎、更细致、更不敢轻易动它。感情酝酿时间特别长，生怕不准确不到位，必须水到渠成时才去下笔。

这次调研与采访经过精心设计，听取多方意见，最后确定采访对象，进入采访之后，结果是令人满意的。每一个海归青年和科学家身上都是一团火焰、一个奇迹、一种精神，关键是你能否进入他们的心灵世界、触摸到他们的情感脉络、追探他们的事业奥妙。以前以为学理工、从商的人都很古板，其实只要沿着他们的事业与兴趣走，就会发现他们内在丰富多彩，甚至是可爱的一面。

我写到一位做芯片的“大海归”，他给我讲了他如何到苏州，后来如何在这里创业，如何带动了一批他的同学朋友来到苏州，现在又在浙江等地开创事业……我写完后，他看了作品，又给同事们看，“原来我们有这么精彩的人生啊”！

他们那种从文字中看到自己人生形象与轨迹后的惊喜，堪比完成了一项发明创造。由此我也更加坚信，我们的海归青年是一批有血有肉、战斗在经济与科技战线的“文艺青年”——这个发现是第一次，也特别有意思。

蒋肖斌：这些背景不同、行业不同的青年创业者，他们有什么共同特征？

何建明：他们与所有的青年一样，有冲动、有激情、有朝气，有奋斗不息的精神。同时又有一些不同的地方，我认为海归青年的创业精神更有方向性与目标性，资源和人脉似乎更多一些，对失败的承受力也比国内创业青年要强些，这也许跟他们在国外的经历或者已经习惯“失败是成功之母”的体验有关。

在对国家的情怀方面，海归青年更加浓烈，这一点让我有些吃惊。“只有在海外待过的人，才能更加体会祖国的意义。”有一位海归青年这样对我说。他说的时候很动情，还跟我讲了他在海外经历的种种坎坷。这份经历使他对祖国、对民族的感情更深沉。

蒋肖斌：中国每天都在发生很多大事，你觉得哪些东西是值得记录的？

何建明：值得记录的东西在今天这个时代可以分为三种情况：一是国家和时代正在发生的大事；二是人们感兴趣的事；三是你自己感觉有意义的事。这三者并不矛盾，相互衬托和辉映，尤其是自己感觉有意义的事，这是我选材最看中的一点。因为我知道我看中的事，时代和读者也通常是喜欢的。

中国正在发生的事太多，太值得我们去记录和书写。你只要具有敏锐的嗅觉、时代的意识、文学的悟性，选材不成问题。我的创作几乎包含了当代社会的各个方面，人物也特别杂，而且更多的是正在发生的事，有的甚至尚未确定其对与错，是行进中的事件——可以称之为“时代潮流”。

我个人倾向于写那些有美感的东西，抒情式、散文式的报告文学，也就是空间张力特别大的，或者是举世瞩目的重大事件。当然，那些特别细微的小人物、小事件，恰恰又是我非常喜欢的，“滴水见太阳”的作品更入我心。

蒋肖斌：报告文学的创作方法有什么特别之处吗？

何建明：一个成熟的创作者，需要掌握各种采访和书写方法。报告文学作家的采访是一门非常深奥的学问，这常常让一些初学者和并不成熟的写作者头疼。而我却十分喜欢采访，尤其是到一线、现场采访，这是我的必修课，并且绝对不会轻易减轻这个工作量。可以说，我的每部作品的成功都是从采访开始的。

写作的方法，是因事、因人、因作品所要表达的价值出发的，而且不同题材需要有不同的方法。我的每部作品，都是一次新的创作方法的重新构架。报告文学没有一个固定格式，我几十年的创作，就是对中国报告文学文体重新构架和完善的过程，至今仍在不断探索和完善之中。

这个文体是服从读者的阅读情趣与社会科技发展的，不同时代所表达的方式会有不同，因此，中国式报告文学与其他文体有着不同的创作行进轨迹。小说家在不断学习经典，而我们需要自己不断创造经典。

蒋肖斌：同样描述一个新闻大事件，报告文学和新闻会有什么不同？

何建明：事实上，报告文学文体是从新闻文体中蜕变出来的。新闻追求敏感与快捷，是对当下的关注和书写；当文学形式介入新闻内容，报告文学就诞生了。

同样是写重大事件，新闻和报告文学有着明显的不同之处：新闻是求取“快捷”与“信息”，报告文学追求的则是事件本身的社会价值与深度“情理”。所以通常我们并不受新闻的“冲击”，因为我们要比记者走得更深、更宽，在“情”字上下功夫。有时也有这样的情况：我把一个人物、一个地方写好了，出名了，然后新闻记者再度把事件和人物推向更广泛的社会。

蒋肖斌：那“非虚构写作”和报告文学又有什么不同？

何建明：报告文学与非虚构写作是同一体系里的两个不同的“孪生兄弟”，即基因是相同的——必须“非虚构”，也就是真实的。但报告文学更具有客观要求的“非虚构”，而现在一些“非虚构”写作，更多带着明显的个人主观色彩——这样的“非虚构”，其实是存在对客观事实的某种主观改动的，报告文学排斥这种“非虚构性”。

蒋肖斌：做一个有趣的对比，如果同样写海归创业，新闻、报告文学、非虚构写作，各会怎么写？

何建明：新闻写海归创业故事，通常要列出这个群体的经济价值，比如为当地创造和建立了什么；报告文学不会关注他们创造了多少价值（尽管有时也会写到），更多侧重于观察和考证海归的情感世界、报国情怀。

非虚构写作会把自己的主观感受和心理感受深度介入其中，然后写海归的现象与历程；报告文学则会全方位地书写这些海归是如何去、如何来、最后结果如何。当然，好的报告文学也会将新闻写法与非虚构写法融入其中。

指纹：不矫情是推理小说的最佳气质

指　纹

指纹，北京人，律师。著有小说《刀锋上的救赎》，编剧作品《白夜追凶》《重生》《庭外·落水者》《庭外·盲区》。漫画编剧作品《烈土千瞳》获第19届中国动漫金龙奖最佳剧情漫画奖银奖、最佳漫画编剧奖。

在推理的江湖，我希望自己是个“路人甲”。

系列电视剧“庭外”开播前一个月，作家指纹开了15年的咖啡馆倒闭了。那家与指纹同名的咖啡馆，有一整面墙的书架，摆着整套整套的推理小说和漫画。这次采访约的咖啡馆，书架上也排列着不少推理主题的盒装剧本杀。

发展了近百年的推理小说，以影视剧或者剧本杀等新的形式出现，总会得到新一代年轻人的喜爱。指纹的名字从2017年上线的网剧《白夜追凶》开始为人所知，5年后有55.5万人为这部剧在豆瓣打出了9.0分；正在播出的“庭外”系列剧，豆瓣开分7.7。

身为编剧，指纹却拒绝参与任何与剧相关的宣传，这让制片人一度很着急。初见寒暄时，指纹客气地与记者互称“老师”，聊着聊着，他说，“谁都知道我们这些‘老师’的称呼就是个行业规则”。

指纹穿一身基本款、基础色的运动服，说话声音很小，只有在说到一些东西时，他才会不自觉地提高音量，习惯向下看的眼睛也开始直视你，闪出一丝光芒。这些东西里，包括推理小说。

指纹做过11年律师。阅读和写作，或者说更具体一些的推理，对他来说并不是“从来就有”的爱好，甚至有一些不知从何起的偶然。

指纹回忆，那会儿他已做了五六年律师，工作的律所楼下有3家书店。一天下午，他帮同事买了3本劳伦斯·布洛克的推理小说。

傍晚，他一个人在办公室躲晚高峰，闲得无聊就抽出一本看。一看，就没收住，从此游荡在这个推理的江湖。

“看完一些东西，想表达的时候自然有写的欲望。”指纹说。于是就有了2011年出版的第一部推理小说《刀锋上的救赎》。劳伦斯·布洛克被称为“冷硬派侦探小说大师”，最吸引指纹的是一种“气质”——后来，《白夜追凶》也被称为“硬汉派推理”。

指纹的有效工作时间，从晚上吃完外卖后的8点开始，因为助理表示不想熬夜，所以晚上11点前收工，周末双休。每天中午一睁眼，他首先要操心的是家中三条狗的吃喝拉撒。原本家中只有一条柯基犬，拍“庭外”系列时，剧组从大街上找来一条流浪狗，在剧中出演“破烂儿”。指纹问，拍完了狗怎么办——也只能放回街上。他接受不了这个结局，决定收养。没想到的是，十几天后，这条狗又在剧组生了一只小狗，从此，指纹称自己有了“女儿和外孙女”。

罪案总是发生在夜晚，白天的硬汉也温柔。

蒋肖斌：你做过11年律师，《庭外·落水者》主人公乔绍廷也是律师，有原型吗？

指纹：我这回写的是自己曾经办过的案子，我手上还有当年的案卷。剧中律师事务所之间的竞争，年轻律师和老一辈律师之间的利益纷争，都是曾经发生过的。

蒋肖斌：律师会不会经历更多的社会矛盾？

指纹：每个人都会遇到很多问题，我不认为律师遇到的问题会比其他人更复杂或者更简单。我觉得出租车司机每天遇到的问题也许更艰难，至少律师不需要考虑去哪儿找厕所，很多出租车司机在50岁之后可能会有前列腺的问题。

蒋肖斌：之前的《白夜追凶》《重生》，现在的“庭外”系列，故事发生在同一个时空背景，人物互有勾连，你是想构建一个“宇宙”？

指纹：不久前，韦伯空间望远镜公布了第一批全彩图像，是迄今为止人类能够观测到的宇宙最遥远、最清晰的红外图像，最远的来自130亿光年外；2000年时，天文学家通过专门测量遥远星体的卫星，发现了一颗160亿岁的恒星。

我想说的是，这才是“宇宙”，我写的那些根本算不上。如果非要这么说，其实特别简单，有了现成的人设，就不需要再去做一个新的人设。

蒋肖斌：你觉得编剧对一部剧的成败有多大作用？

指纹：没有任何一个观众看过剧本，当他们看到一部剧最终有好的视觉呈现，而来夸编剧很厉害的时候，我是受益和沾光的人；所以，当他们因为一部剧不好看而来骂我，我也不觉得有什么。换句话说，一部剧的成败最终是依赖导演、演员，还有服化道等整个剧组的人来完成，是一个集体作品，编剧和其他环节的人能起到的作用，我觉得差不多。

蒋肖斌：你在交稿之后还会继续跟踪拍摄过程吗？

指纹：我觉得交了就算完成。那不是我的专业领域范围之内的事，比如我在剧本里写得很好，但就是租不到场地怎么办？如果可能的话，我尽量不参与，我愿意相信专业的人做专业的事。

蒋肖斌：你第一次看推理小说是什么时候？

指纹：上中学时，父亲给了我一套《福尔摩斯探案集》，群众出版社的，那套书现在还在，书皮都脆了。福尔摩斯比较像欧洲本格，而劳伦斯·布洛克的迷人之处在于“不矫情”。

蒋肖斌：什么是“不矫情”的小说？

指纹：比如劳伦斯·布洛克笔下的侦探马修·史卡德，原来是一个警察，有一次在酒吧喝酒时与两个抢劫犯枪战，却误杀了一个11岁的女孩，尽管他没有责任，还因此立功受奖，但他觉得一切都变了，整个人越来越消沉，最终离了婚、辞了职。

但他同时说，不一定是误杀导致的，可能就是他的人生到了这个点，之前所作所为的积累，把他往下拽。误杀也许只是一个引子，有没有都一样。这就是我看小说的感觉，不矫情。

蒋肖斌：推理小说对你的吸引力是什么？

指纹：其实就像我喜欢看僵尸片和废土电影一样，推理大部分与罪案有关，存在一个天然的强冲突设置，我想看在这种极端状况下，人做什么选择。因为在大部分情况下，我们都可以用各种方式来化解或者掩饰自己的行为，但被逼到墙角时，就是例外。

蒋肖斌：你最喜欢的推理小说是什么？

指纹：劳伦斯·布洛克的《酒店关门之后》，不是他的《八百万种死法》。就像我们都喜欢余华，但我一定不是最喜欢他的《活着》，而是他的第一部长篇小说《在细雨中呼喊》。《八百万种死法》具备了所有可以得奖的元素，是集大成之作，但它已经没有作者最本真的那种冲动、那种不成熟。它是一个标准答案，但我不想看到标准答案，我想看到“他的答案”。

蒋肖斌：如果给自己在小说或者剧集中安排一个角色，你想成为谁？

指纹：我希望我是路人甲。

葛亮：中华文化的根基，盛在一箪食的平朴光景中

葛　亮

葛亮，作家，学者。香港大学文学博士，现任香港浸会大学中文系教授。

著有小说《燕食记》《北鸢》《朱雀》《灵隐》《飞发》《问米》，文化随笔《小山河》《梨与枣》等。作品被译为英文、法文、意大利文、俄文、日文、韩文等。曾获第八届鲁迅文学奖、“中国好书”、“华文好书”评委会大奖、首届香港书奖、香港艺术家年奖等海内外奖项。长篇小说代表作《燕食记》《北鸢》获选“亚洲周刊华文十大小说”，并入围第十届及第十一届茅盾文学奖10部提名作品。

食物总是装在容器中，它本身也是一个巨大的容器。

从香港回到南京，葛亮的家乡记忆是被一口盐水鸭唤醒的，“那种丰腴的感受，对味觉的撞击，令人着迷”。

从南京到香港求学，如今已在香港生活了20多年，葛亮的饮食习惯总是在经历变化和回归。南京人炒青菜，葱姜蒜炝锅，加蒜蓉加盐，粤菜白灼菜心，出锅淋些豉油。每次从南京到香港，葛亮的口味就一点点淡下去，从香港到南京，又一点点重起来，如此往复。

这次随他一同北上的，还有新书《燕食记》。

不久前的新闻中，珍宝海鲜舫沉没；《燕食记》的开头，同钦楼谢幕。小说从同钦楼的兴衰讲起，由香港的茶楼追溯到广州的酒家，在广东的饮食书籍、旧年报纸中，钩沉起民国时期寺庙庵堂的素筵、晚清举人的家宴……“舌尖”高手陈晓卿看完小说，文学先不评价，就说书中娓娓道来的烹饪流程，连细节都是靠谱的。

《燕食记》中描写的时代和历史背景是影影绰绰的，几乎没有直接提到革命、抗日这样的大事，但总有那么几句不经意的话从人物口中漏出。在这部“岭南梦华录”中，中华文化连绵不绝的根基，就盛在一箪食一瓢饮的平朴光景中。

蒋肖斌：为什么以“燕食”来做这部小说的名字？

葛亮：“燕食”，意为古人日常的午餐和晚餐，无论王侯将相还是平民，所有人都能接触到，最接近我们生活的肌理。用这两个字作为书名，希望借此表达所有人内心的某种共鸣。

在这个基础上，中国人说“民以食为天”，我们看到食物，并非仅仅食物本身，其中蕴藏着一系列我们可以感知的文化元素和气象，包括历史的、哲学的、美学的……食物和岭南之间的连接，是一种内容和容器的相辅相成。岭南文化呈现出来的是一种海纳百川、自由开放的文化质地，它与食物之间的表达，在整个中国的文化谱系中都有所共识。

我在后记中提到屈大均在《广东新语》中的一句话：“天下所有食货，粤地几尽有之，粤地所有之食货，天下未必尽也。”从某种意义而言，岭南文化与大时代也紧密相连，由南向北，辐射了整个中国近代的百年风华。

蒋肖斌：在为写《燕食记》采风时，你遇到过哪些有意思的故事？

葛亮：小说中的陈五举是有原型的，是我在拜访他的岳父、一位上海本帮菜师傅时候发现的。陈五举原本做广东菜，为了妻子，“叛出师门”，开始做上海本帮菜。虽然香港的菜系融汇百川，但这样的转变，跨越的不仅仅是技术，还有心理。

这个故事让我非常感兴趣，他也成为小说的关键人物。在文化上，我们总能看到传承，而可能忽略其中撞击和创新的部分。陈五举后来在菜式上创制了几味“沪粤合璧”的点心，比如黄鱼烧麦、水晶生煎。这实际上是两种不同文化气象的融合，是一种向上求好的探索，是中国人讲求和合之道、美美与共的表达。

蒋肖斌： 写人写家写国，为什么要从食物入手？

葛亮： 食物总是装在容器中，它本身也是一个巨大的容器。食物可以定义我们的个人记忆，也可以定义家国历史，这种关联非常美好。食物看似是非常简单的、在口舌间稍纵即逝的东西，基底却是永恒的，因为食物作为一种文化密码，是可以被复刻的。而在复刻的过程中，你能感觉到它连接着非常盛大的东西。

中国人在经历人生大事的时候，总是跟吃有关，出生百日有百日宴，婚丧嫁娶都要吃饭，食物实际上在定义一个人人生的重要节点，同时也是对个人记忆的唤醒。

站在历史的角度也是如此，比如，我在书中写到，1895年，在香港杏花楼，孙中山和杨衢云、何启讨论广州进攻方略及对外宣言，并确立了建立共和国的大纲。这样一个激荡时代风云的时刻，就是在一个和食物有关的空间里发生的。

书中的向太史，是一个维度非常丰富的人物：他一方面是一个前清的翰林，连接着旧时代；另一方面，他看清了时势的走向，拥护共和，他的子侄投身抗日。他同时是一个美食家，从他身上可以看到中华传统文化流转的可能性——时代变革，总有薪火相传。

当向太史和子侄谈到往事，走马灯似变幻的时代，他只说和侄儿的父亲、他的兄长吃的最后一顿饭，一碗菊花鲈鱼羹、一壶汾酒。

历史在味觉上凝结，食物的滋味就是人生的况味。食物可以打破很多壁垒，从食物到历史，再到世道人心，乃至中华民族传统文化中的巨大共情——这是我想表达的。

蒋肖斌：小说一开头，同钦楼就结业了，对纷纷故去的历史，你会感到惋惜吗？

葛亮：在香港我目之所见，很多老字号永远离我们而去了，我当然会惋惜。

在写作的同时，非遗也是我的一个研究领域，我接触了一些老匠人。最近在写一个小说，是关于澳门的一位木雕佛像的师傅，他的儿子是“四大”的会计师，父子俩都觉得子辈有子辈的选择和轨迹。现在他和澳门大学合作，将所有手艺借由图纸保留下来，今后想要还原可以依托这些硬件，所以他并不担心所谓“后继无人”。

师傅给我看过两个木雕佛像。他说左边那个是“佛像”，右边那个是“工艺品”，为什么？因为左边那个能够体现出一个匠人的很多“规矩”，那是一套代代相传的技术参数；而右边那个也很好看，但是完全自由的、放肆的，今天可以做成这样，明天可以做成那样。

蒋肖斌：那你会选哪个？

葛亮：我觉得是不同的功能。“规矩”代表着我们内心的底气和守则，在没有学会走路的时候你如何去跑？创新，离不开传统的手掌心。

但是，就像《燕食记》里露露说的，为什么青鱼汤里不能放椰奶，泰国的冬阴功汤可以放，本帮菜为什么不可以？所谓规矩，是我们内心的执守，我们同时也可以去尝试，当然尝试不是乱来，是有门槛的。

蒋肖斌：白岩松说你的文字像歌坛的李健、费玉清，比较干净，比较古典，不叛逆，你怎么评价自己的写作风格？

葛亮：我开始写作比较晚，在研究生阶段，当时觉得自己做文学批评，一个研究者将心比心非常重要，研究一个作家，需要进入他的内心。于是我开始尝试写作，希望自己能够去体会作家的甘苦，再把这种情感代入文学批评。

可能每个作家都经历过实验和先锋的阶段，我出版的第一本书叫《问米》，几乎汇聚了一个青年作者可以接触到的种种关于写作的可能性，这和我后来作品的气象是大不一样的。但在写作的过程中，我会一直寻找自己的声音。后来开始写《七声》的时候，我慢慢感受到这是我希望的东西，这是最合适我的方式。

我开始从当代的表达慢慢回望历史。《朱雀》是我的第一个长篇，开始真正意义上构建我的历史观。在历史中，你必然是安静的，因为历史本身的跌宕、更迭中的喧哗，需要你从一个比较客观、比较远距离的形态去看待它。

《燕食记》中有“我”的存在，“我”肯定是我本人的镜像。他立足于当下，去穿透历史。他提示读者，小说有沉浸历史的部分，也有站在当下去回望历史的部分，两者互相砥砺，是虚构和非虚构的一个双重表达。

蒋肖斌：你的写作会影响你的生活吗？

葛亮：我是将写作和生活分得比较开的人。比如我在大学里教书，身份就是教师，不太会代入作家的身份。我教文学史，也教创意写作，但不倾向讲自己的作品。学生有时候也会对此感到好奇。作为一个作者，你会有自己的文学审美取向与创作特质；但我觉得作为一个教师，最好不要用一己审美给学生带来桎梏，而是要尽量多地展示关于文学表达的可能性。

刘心武：我这株老梅，还能继续报春

刘心武

刘心武，1942年出生，中国当代著名作家、红学研究家。曾任《人民文学》杂志主编，代表作有短篇小说《班主任》、长篇小说《钟鼓楼》（获第二届茅盾文学奖）、《刘心武揭秘红楼梦》等。

我承认我的生活是挺立体的，和胡同杂院有着千丝万缕的关联，但也会去亮马河看看夜生活的灯光，也会在昆仑饭店29层的旋转餐厅喝下午茶。

60多年前，1962年春节期间，不到20岁的刘心武在《中国青年报》发表了《赏梅迎春》一文。他不认识报社任何人，自发投稿，被编辑一眼选中，安排在副刊头条，还配了一张挺大的图。

刘心武在文章中侃侃而谈，似乎对梅花、梅树、梅子都很了解。当时在中国，梅树主要生长在江南，他并未去过江南，他所定居的北京，那时候只有盆景梅，还没有地栽梅。文章怎么写出来的呢？就是通过阅读。

1977年，刘心武发表短篇小说《班主任》，被认为是新时期文学的发轫之作；1984年发表长篇小说《钟鼓楼》，获得第二届茅盾文学奖。现在北京早已有了梅林，而刘心武也成了“80后”，但他仍在写作，2014年与2020年分别推出长篇小说《飘窗》和《邮轮碎片》。

刘心武的写作方式非常“与时俱进”，最早是用笔，1993年开始用电脑打字，是当时作家圈中最早一批触网的；2005年，他在《百家讲坛》节目讲《红楼梦》，成为一时文化现象，先有视频后有了书；2021年，他又玩起了“听书”，在喜马拉雅App开了个人电台“听见·刘心武·读书与人生感悟”，前不久出版的两本新书《人生没有白读的书》《世间没有白走的路》，就是先有音频后有书。

刘心武说，这两本书是奉献给青年读者的，“就如一株老梅树，只要精气神还在，就该再开出花朵，对社会、对年轻一代，有所奉献。愿我自己这株老梅，还能继续报春”。

蒋肖斌：你的两本新书，正好对应了我们常说的“读万卷书”与“行万里路”，你觉得对作家而言，这两者各有什么作用，又如何相辅相成？

刘心武：作家要创作文学，普通人也有表达感情、与人交流的需要。在这个过程中，读书与行路的经历都特别重要。在我的青年时代，可读的书没有现在这么多，社会流动性也比较少，即便在那样的条件下，我也尽量多读书、多走动，去开阔自己的眼界。

简单来说，读书等于是用心灵来行路。一个人再会旅行也会受到时空限制，去再多地方也终究有很多空白。阅读可以使个体生命突破时空约束，不仅穿越空间，还能穿越时间。

也有一些人始终读书，但不怎么走动，比如阿根廷的博尔赫斯，主要创作源泉来自他的图书馆，当然这是个案。对大多数写作者而言，还是要走出自己的家门、走出自己的居住地，去观察、去体验。

蒋肖斌：你的作品以关注现实为特征，你曾说自己是“深入生活”写作。

刘心武：我从小学五年级开始写作，一直是“深入生活”写作。我的作品就是通过生活去寻找素材或者灵感，所以在我身上，读书和行路得到了深度结合。

有一部分作者觉得“深入生活”的提法太老旧了，认为作品主要是靠想象，还出现过极端说法，只要文字先锋就是好文本，人物、情节、故事根本不重要。但慢慢地，这样的想法和做法就淡了下去，说明现实主义还是很有生命力。

蒋肖斌：除了深入生活，作家还应该有什么样的素质与实践？

刘心武：有两个方面：一是从现实主义的经典中汲取营养，二是从母语文本中汲取营养。后者对我很重要，也是我当初选择讲《红楼梦》的缘由。我当时的观点遭到了激烈抨击，但很吸引人听，因为我并不是以进入红学界为目的，我是以从《红楼梦》中汲取营养的角度为出发点，比如怎么从生活原型到艺术形象。

蒋肖斌：很多作家有自己的“灵魂栖居地”或者说“文学故乡”，你的文学故乡是北京吗？

刘心武：对，北京。我出生在成都，但对成都没什么印象，我家很快搬到了重庆，我在重庆度过了童年，8岁随父母到北京定居，从此再也没有离开。

我就是一个北京的老居民，是一个北京市民生活的写作者，我的使命就是描绘哺育我的这座生生不息的城市。当然，虽然我始终书写北京的普通市民，但就像《邮轮碎片》里出现了形形色色的北京人、其他城市的中国人、外国人一样，我的创作是与时俱进的，不会只盯着胡同杂院。

蒋肖斌：你现在的日常生活与你书中描写的北京有什么关联？

刘心武：我从20世纪80年代开始住公寓楼，我承认我的生活是挺立体的，和胡同杂院有着千丝万缕的关联，但也会去亮马河看看夜生活的灯光，也会在昆仑饭店29层的旋转餐厅喝下午茶。

蒋肖斌：你八十高龄还笔耕不辍，《游轮碎片》的叙事方式也十分前卫，你是如何保持这种创作力的？

刘心武：我是一个“过气”的“老派作家”。不过我告诉你一个消息，我最近还将发表一个剧本《大海》，四幕话剧，探讨了《雷雨》中鲁大海这个人物，而且我有野心它能够被搬上舞台。其实早在2000年我到法国访问时，应邀写过一个《老舍之死》的歌剧剧本，这次是话剧。我的写作精力真是挺旺盛的，我自己也挺惊讶。

蒋肖斌： 你小时候对哪本书印象深刻？

刘心武： 10岁左右看了《绿野仙踪》，觉得想象力太丰富了，把我带到了一个不一样的境界，主人公小姑娘的善良、友爱，也是我童年成长需要的营养。

我小时候是一个很狂妄的文学少年，12岁上初中后就觉得自己长大了，就跟家里说不要给我订《中国少年报》《少年文艺》了，我要看《人民文学》《译文》。我是一个比较早熟的人，1958年16岁，写了《谈〈第四十一〉》，投稿成功了，还是《读书》杂志。编辑以为我是一个老先生，居然来评论这么一本冷门的苏联小说。

蒋肖斌： 你现在在看什么书？

刘心武： 最近在重读苏曼殊的书，他有一部文言的言情小说写得特别好——《断鸿零雁记》，我甚至很想向年轻人推荐。很多人觉得文言文离我们太久远，不好读、不好懂，但是20世纪初的文言小说，处于文言向白话过渡的阶段，好读又好看。

蒋肖斌： 你对当下年轻人的阅读有什么建议吗？

刘心武： 不要完全跟着热浪走，可以参考。一个人的时间是有限的，要有自己的主心骨，读什么书，还是要自己拿主意。我就愿意读一些探究人性的书，遇到这样的书，就算很冷门，我也愿意读。

蒋肖斌：你平常都是什么时间写作？

刘心武：上午睡觉，中午起床，一天两顿饭，阅读和社交时间一般是下午和晚上。经常有采访者说，中午打搅我午睡了，我就笑，何为午睡？

沈石溪：写动物小说怎么能避开丛林法则

沈石溪

沈石溪，原名沈一鸣，1952年生于上海，祖籍浙江慈溪。现为中国作家协会会员，曾任云南省作协副主席、全国儿童文学委员会委员、上海作协理事。

1968年上海黄浦区九江中学初中毕业，赴云南西双版纳州勐海县勐混区曼谷大队曼广弄傣族村寨插队落户，在云南生活36年。20世纪80年代初开始从事文学创作，擅长写动物小说，风格独特，深受广大青少年读者欢迎。曾4次获中国作家协会全国儿童文学优秀作品奖，作品多次被收进全国中小学语文教材，连续6次被台湾儿童文学学会评为“好书大家读”年度优选少年儿童读物奖。

你怎么知道动物没有人类的思维心理？

沈石溪的微信名是“老象”，这两个字精练地概括了他的标签：第一，他已年逾七十了；第二，他的第一篇动物小说写的是大象。从1980年发表第一篇作品《象群迁徙的时候》至今，沈石溪已经写了40多年动物小说，他的第一部长篇小说《狼王梦》更是“80后”“90后”的童年集体记忆。

象、狮、狼、豺、狐、狗、猪、蟒蛇、骆驼、天鹅、鹰、雕……有人数过，沈石溪写过70多种动物，但似乎都是陆地上的动物，2022年8月出版的《海豚之歌》补上了这个缺，写的是宽吻海豚——这是沈石溪第一次“下海”。

沈石溪也养过很多动物：1969年插队到西双版纳的村子，猪牛羊都养过，不养吃什么？马也养过，因为那个地方没有车，上山只能靠骑马；养过蟒蛇，当地老百姓还送给过他一只“黑猫”，养到半大不大时候，才发现是只黑豹；家里最多时有七条狗，现在有一只猫，还偶尔出没蟋蟀、蝈蝈、金铃子……

蒋肖斌：你写过70多种动物，为什么第一次写海洋动物？

沈石溪：我出生在上海，但上海的城区距离海还有几十公里，而且长江入海口是黄色的，没有大海的颜色，也没有大海的气势，所以我对海洋并不熟悉。

1969年，我到云南西双版纳插队，在那儿生活了几十年，所以我过去的作品大多写的是我熟悉的云南的动物。西双版纳不靠海，自然也就没有海洋动物。唯一写过的水生动物是《大鱼之道》中的黑鲩，也是澜沧江的淡水鱼。

那为什么要写海洋动物？因为有冲动，因为我知道海洋是生命的摇篮，所有生命起源于海洋，包括人类在内的陆生脊椎动物的祖先，是由鱼类在4亿年前从大海迈向陆地进化而来。这种鱼叫作文昌鱼，现在在福建、广东一带的海洋里，渔民还能捕到这种“活化石”。

我被大家戏称为“动物小说大王”，但从来没写过海洋动物，我自认为是一块短板、一种缺憾。加上写了40多年，人们熟悉的动物种类我都写过了，再写难免有“炒冷饭”之嫌，很难有新意。想要突破，我觉得有两个方向：一是远古动物，一是海洋动物。前者我写过侏罗纪的“五彩龙鸟”，后者就是这一次的宽吻海豚。

我今年（2022年）70岁了，但觉得还能写个十来年，希望这段时间在文学艺术上有所追求、有所突破，起码不是原地踏步。

蒋肖斌：写海洋动物有什么困难吗？

沈石溪：难的就是我对海洋动物不熟悉，所以这本书写得拖拖拉拉，从构思到写完将近5年时间，当然其间也写了其他作品，但这是我所有作品中耗时最长、耗心血最多的作品。

其间，我经常去大连、威海、青岛、珠海、深圳、宁波、舟山这些地方采风，和渔民聊天。聊天是补课、是做功课，所以时间线拉得很长。

蒋肖斌：为什么第一次写就选择了海豚？

沈石溪：海豚是一种和我们人类比较接近的海洋动物。我和老渔民闲聊的时候，讲到海豚，特别是广东一带经常有海豚出没的地方，老一辈人就会给我讲类似的故事：原来条件差，小渔船是木头做的，出海捕鱼遇到暴风雨，船就会倾覆，甚至被风浪解体。渔民落水后，如果附近刚好有海豚游过，特别是宽吻海豚，它们会“出手”救人，用自己的背把渔民顶出海面，然后送到沙滩。

即便是过去没有宣传要保护动物的年代，遇到海豚在沙滩上搁浅，附近的渔民发现后也都会主动来救援，把海豚重新送回大海；如果不幸海豚死了，渔民还会把它埋葬。在世世代代的渔民心中，人类最忠实的朋友是海豚，其他海洋动物也许是食物，但从来没有听说谁吃海豚。

海豚还很聪明，从脑容量和身体重量的百分比来说，海豚和人类很接近。海豚会唱歌、会集体行动；还是“跳水运动员”，经过简单训练后就能表演很优美的节目……但即便海豚和人类如此接近，人类对真实的海豚生活也不是特别了解，所以我选择写海豚。

蒋肖斌：《海豚之歌》中的三个故事，有两个结局都不圆满，甚至有些残酷，充满死亡与背叛，为什么这样设定？

沈石溪：我认为动物世界的本质就是“适者生存”，这是一个残酷的过程。海豚是一种有群体意识的动物，是群居动物，内部既有团结凝聚力，又有激烈的竞争。我想真实再现海豚这一物种的生存状态，肯定会写到其中的艰难、残酷与无奈。

蒋肖斌： 曾有人批评你的动物小说太残酷了，不适合孩子阅读。

沈石溪： 动物小说不是童话。童话是香软的、甜美的，即便中间有悲情最后也是大团圆的，这是低年龄段孩子对童话的需求。我的动物小说一般是中高年级的孩子阅读，他们应该有限度地接触真实的生活、真实的社会。

文学要忠于生活，写动物小说怎么能避开丛林法则？野生动物世界天天都在上演悲剧，动物小说也就免不了有悲剧。当然因为我的读者是青少年，我也会有所节制。

蒋肖斌： 那这个“度”在哪里？

沈石溪： 我表达的主题在于，美好的东西、生命的力量，不会随着个体被消灭而烟消云散，它会变成一种精神上的基因，代代传承。

《海豚之歌》中的“半脸海豚”因为受到核辐射而容貌毁损，造成悲剧，但它的善良与对美好的向往，在这个族群中传承下来，它的后代也因此得到了善待；“勇者海豚”虽然最后死于非命，但它为族群开拓了更好的生存空间，把爱冒险的性格转化为勇于开拓的精神，这是符合生命发展逻辑的。

所以，这个度就在于，有没有美好的东西传承下来。生死的悲剧在不断上演，但生命总体来说是顽强生存、追求辉煌、一代胜过一代。

蒋肖斌： 对你影响最大的是什么动物？

沈石溪： 狗，对我触动最大的是一条狗。

2004年，我从部队转业，举家从昆明迁回上海。当时昆明家里有一条养了7年的狗，因为有点胖，我们给它起名“阿福”。我们觉得阿福的年纪大了，换个环境可能有问题；刚在上海买了房子，手头比较紧，而运动物无论火车还是飞机都挺贵的；运输还需要各种证明，比较麻烦……商量来商量去，决定把它留在昆明。

于是，我们找了很要好的朋友老丁，他家有比较大的院子，我们每个月给他一些补贴，买点狗粮，请他帮我们照看阿福。老丁满口答应，于是我们就回了上海，隔三岔五打电话去问。老丁总是说阿福很好，在院子里跑来跑去呢。

就这样过了三个多月，突然有一天老丁打来电话，说很抱歉，阿福跑掉了，找不到了。我们当然很着急，请老丁好好找一找。又过了十来天，那天深夜11点，老丁又打来电话，说他刚刚和朋友喝完酒，路过我们家在昆明的房子——当时已经卖掉了，结果看到一条狗在单元门门口蹲着，“我过去一看，就是你们家阿福！我叫它名字想把它带回来，可它一看是我就扭头跑掉了，我没追上”。

接完这一通电话，我儿子哭得稀里哗啦，我和太太也特别后悔，最后决定由我这个时间相对宽裕的人，带上两万块钱，第二天就买机票飞昆明，一定要把阿福带回来，不管用什么办法，飞机火车不行，租一个车也要开回上海。

到了昆明，我住在原来住址边上的一个小旅馆，白天睡觉，晚上就去单元楼下守着，希望阿福能再次出现。守了整整7天，阿福一直没有出现，我也不能长时间不上班，只能抱着深深的伤感和遗憾回了上海。从此，我们再也没有接到过阿福的消息。

阿福一定成了一条流浪狗，我只能祈祷它能找到一个新的好主人收留它，开始新的生活。这么多年过去了，它肯定不在这个世界上了，但是在我的记忆中，一想起阿福，总是伤感和愧疚。我写过很多野生动物，却没有写过城市里的动物，于是去年（2021年）我和几个年轻作者一起写了“流浪狗奥利奥”系列。

蒋肖斌：你在写动物小说的过程中会有什么困惑吗？

沈石溪：就是动物小说的写作标准。在西方的动物小说中，动物大多是美好的、善良的，人类是丑陋的，或者说在动物面前是有原罪的，大抵是这样一条脉络。但我认为，动物小说所表达的哲理，可以是更多样的、更丰富多彩的，比如动物的母爱、挣扎求生的智慧，等等。

西方追求比较精细地表达人类观察到的动物的真实情况，这个我觉得纪录片可以做得更好，比文字震撼多了。在现代化的观察手段面前，动物小说的优势不在于谁更真实，而在于动物的某种行为对人类的震撼力。

有人觉得我描写的动物世界像人类社会，那你怎么知道动物世界就不是这样的呢？比如找对象，动物要找长得漂亮、身体好、忠诚度高的，很多东西并不是人类独有的。我承认我笔下的动物有人的思维心理，但我可以反过来问，你怎么知道动物没有这样的思维心理呢？

蒋肖斌：接下来有什么写作计划？

沈石溪：我要写一个关于远古生物的故事。远古时代，海洋里有很多巨型动物，有一种动物因为体形小，生存空间越来越小，于是只能向大陆进军。成功登陆后，它们非常开心，一开始也过得非常幸福。但随着时光流逝，生活环境发生了翻天覆地的变化，它们在陆地上又遇到了恐龙这样的庞然大物，没办法，为了生存，它们又被迫回到大海……

故事讲的是生命的循环，每一次循环似乎是回到原点，其实是进化为更高层次的生命状态。

笛安："80后"也到了回味"前半生"的时候

笛　安

笛安，本名李笛安，生于山西太原，毕业于法国巴黎索邦大学、法国高等社会科学研究院。曾主编《文艺风赏》杂志。

著有长篇小说《告别天堂》《芙蓉如面柳如眉》《南方有令秧》《景恒街》《亲爱的蜂蜜》，"龙城三部曲"《西决》《东霓》《南音》；中短篇小说集《怀念小龙女》《妩媚航班》。2018年获人民文学奖长篇小说奖，是首位获得该奖项的"80后"作家；2022年，中篇小说《我认识过一个比我善良的人》获得汪曾祺文学奖。

其实我们身边有挺多这样的人：30岁出头、单身、带一个小孩、正在谈恋爱。

不久前，笛安出版了长篇新作《亲爱的蜂蜜》。书中有单亲妈妈崔莲一与熊漠北的爱情，也有熊漠北与崔莲一女儿成蜂蜜的友谊。成蜂蜜，冲天辫、苹果脸、小胖手、阿拉蕾的大眼睛——但笛安的女儿从不承认小说主人公身上有自己的影子。

母女俩同时在家的时候，“冲突”是必然的。“她上网课我就没有办法工作。其实从她出生以来，我真正能有点工作效率的是她晚上睡着了以后。”笛安曾被问到如何平衡养小孩和写作之间的关系，她的答案是“平衡不了”——人生中有一些事情，没有平衡，只有“取舍”。

作为“80后”作家代表之一的笛安，以描摹都市人群的生活见长。转眼间，“80后”也到了可以回味自己“前半生”的人生阶段。

蒋肖斌： 你的上一部长篇是《景恒街》，当时你说那是一个“成年人谈恋爱”的故事，那《亲爱的蜂蜜》是一个什么故事？

笛安： 依然是成年人谈恋爱，会有成年人的躲闪、权衡，但比《景恒街》的氛围更温和。任何东西都是需要时间去消化的，我刚刚当妈妈的时候，并不知道在小说里要怎么写一个孩子，后来才慢慢知道了。

蒋肖斌： 成年人的恋爱是不是不那么轰轰烈烈？

笛安： 我年轻时候也这么想，20岁出头的时候，觉得一堆30多岁的人能有什么劲；甚至觉得一个人40岁了，那得是黄土埋半截了吧！

但现在不这么想了。我身边很多朋友，40岁以后依然发生了一些蛮有意思的故事，甚至比他们年轻时的故事还要复杂。他们经过前半生的人生经历后，选择了另一种表达方式。

蒋肖斌： 写都市男女情感生活的小说，似乎很少以孩子为中心，《亲爱的蜂蜜》为什么选择以孩子为起点？

笛安： 其实我们身边有挺多这样的人：30岁出头、单身、带一个小孩、正在谈恋爱。孩子会不会给他（她）的恋爱带来一些困难？那是另外一个话题。我只是想说，一个有小孩的人，他（她）依然是需要谈恋爱的。我就想写这样一个人的故事。

我要写的也不是母职和现实撕扯的故事，我想写一个小朋友和她妈妈的男朋友是如何相处的，想写大人跟小孩之间的友谊。

蒋肖斌： 孩子的参与会让男女之间的情感有什么不一样吗？

笛安： 在日常生活中，单身妈妈没必要把所有人都介绍给自己的小孩认识。如果只是约会吃饭，可能不需要；但如果想把关系发展下去，就需要让他认识自己的小孩，让他俩慢慢熟悉。这时候，小孩就成为一个必须要考虑的筛选因素。这是一种本能。

接下来，他俩认识之后，事情就会更复杂。如果我的小孩跟对方建立了感情，我该怎么办？这比一男一女之间的关系还要复杂。所以，崔莲一说：“如果你们已经很熟了，我跟你又分手了，这对蜂蜜来说不是不公平吗？”

蒋肖斌：孩子会如何影响你和你的写作？

笛安：当你看着一个小孩长大，经历生命的不同阶段，会给你一些意想不到的东西，比如，让我回想起我的童年。小孩子来到这个世界上有一个很大的使命，就是会让养育他的人重新长大一遍，让你有机会重新思考自己所有的过去。

我没有认真思考过，孩子对我的写作有什么影响。我也不会因为自己是一个母亲了，写东西就收敛一点。但我身边特别多人，包括很多读者，跟我说，我当了妈妈以后写的东西，跟以前相比变化非常大。也许旁观者的观察会更准确一些。

只能说，也许是我对小说、对文学的审美，从20多岁到现在，随年龄而改变。在这个过程中，小孩是其中一个经历，像一个催化剂，与年龄叠加后，反映到了写作中。有的读者说，更喜欢“龙城三部曲”时候的我，也有读者说，更喜欢现在的我。可能我现在的文字没有以前那么激烈，变得温吞。

蒋肖斌：“温吞”对作家来说不是个特别好的词。

笛安：但我觉得不坏。如果一个作家一直到中年，还是一个非常激昂、非常锋利的状态，我认为也是有问题的。生命的不同阶段，折射到文字，肯定有不一样的东西。

我在写作上的改变，主要在于对文字的审美。我现在觉得，有点刻意的表面文采是一个挺没意思的事情，我更在意小说内部空间的搭建。比如说写3000字，但这3000字之内，我想要体现一种复杂性，一种多声部合唱的感觉，这不是情绪和文字的表面宣泄就能够做到的。

蒋肖斌：从20岁发表第一篇小说《姐姐的丛林》，到2023年已经20年了，有没有总结过自己的写作命题和风格可以分为哪几个阶段？

笛安：从来没想过。但我觉得，10年前出版的"龙城三部曲"（《西决》《东霓》《南音》），是一个非常重要的节点。这是我读者面最广的一套书，也是我写作生涯的一个标志，而且因为时代因素，可能在纸质书销量上也无法逾越。

从另外一个角度，也是在写这三部小说的时候，我开始感觉到写作是一个艰难的事情。在这之前，写《告别天堂》也好，《芙蓉如面柳如眉》也好，都没觉得写小说难，都是脑子里怎么想，让它出来就完了。

从这开始，我意识到没有人能靠直觉走一辈子，一定要有修炼内功的时候。我要沉下来去探索，尤其在方法论上，修炼自己的写作技巧，然后去建立处理虚构的个体经验，包括思考自己和写作之间的关系。在"龙城三部曲"之后，每隔几年，我觉得自己可能会在这样的探索上往前走那么一点点。

蒋肖斌：你是如何修炼的？

笛安：比如写《景恒街》的时候，我规定今天就写3000字，但要求在这3000字里说完A、B、C三件事，而且不能像大纲那样交代完就完了，而是要有序地提升叙事效率，得让人觉得这个文字是有弹性的，是有韵味的，是有嚼头的。

再比如，作家除了叙述的语言天分之外，还需要恰到好处地处理一段故事里的视角切换和信息量。这500字里的信息量少一点，那下一个500字里就要多一些，而这1000字里要涵盖3个人的视角……如果把这些都处理好了，这1000字读起来就会有一种跌宕的节奏。当然具体的数字不一定，我只是举一个例子。如果把小说比作一个建筑物，它的内部空间结构，就是我这些年热衷探索的。

但是呢，到了《亲爱的蜂蜜》，我又想写随便一点，想到哪里写到哪里。想试试看如果我再像年轻时候那么随性，能写出来什么东西。

蒋肖斌：现在的随性和20多岁时候的随性是一样的吗？

笛安：写作感受差不多，但写出来的作品不一样。比如在《亲爱的蜂蜜》中有一条很重要的线，也是我很喜欢的一条线，是熊漠北不时回忆起自己小时候的往事。他出生于20世纪80年代初，受惠于改革开放，在北京有一个还算体面的工作，前半生相对无风无浪，但也到了一个要讲人生况味的阶段。

蒋肖斌：以新锐、叛逆著称的“80后”作家，现在开始讲人生况味了。

笛安：你看岁月多残忍。

蒋肖斌：你怎么看“80后”的“前半生”？

笛安：大熊这样的“80后”已经很幸运，但在回首自己的40年人生时，依然会有苍凉感，逝去的就是逝去的，欲说还休，却道天凉好个秋。蜂蜜是大熊40岁的生命里照进来的一束光，但她长大后，这束光也会消失，因为蜂蜜也进入了那一个生命阶段。

今年夏天时，有一次我领着女儿在小区里，正好房产中介在发广告。她突然说，房子很贵的。这是他们同学间的讨论，小孩一般也是听大人说。于是我跟她讲，你才8岁，先不要考虑这个事。然后她又说，虽然她现在是小孩，可是长大后的生活是很难的。

我当时真的一愣，第一，我给她的生活环境不敢说多优越，但也还不错；第二，我小时候的物质条件绝对没那么好，但我七八岁的时候跟大人绝对不会有这样的对话。

所以，就让小说结束在蜂蜜还是个小孩的时候吧。

关仁山：记录变革中的乡土中国

关仁山

关仁山，1963年生于唐山丰南，中国作家协会主席团委员，河北省作协主席。

1984年开始文学创作并发表作品，著有长篇小说《日头》《麦河》《唐山大地震》《天高地厚》《金谷银山》等；中短篇小说《大雪无乡》《红旱船》《九月还乡》；长篇纪实文学《感天动地》《太行沃土》等。出版10卷本《关仁山文集》，达千余万字。

作品曾获第五届鲁迅文学奖、中宣部第十一届全国“五个一工程”奖、第十四届中国图书奖、第九届庄重文文学奖、香港《亚洲周刊》华人小说比赛冠军等。长篇小说《麦河》入选2010年中国小说学会年度排行榜，《日头》入选中国小说学会2014年小说排行榜。部分作品被译为英文、法文、韩文、日文等。多部作品被改编拍摄成电视剧和话剧、舞台剧。

农民可以不关心文学，文学万万不能不关注农民，我是农民的儿子，要永生永世为农民写作。

最终，作家关仁山选定了9个人物的叙述视角，有了小说的第一句话："为了等一朵祥云，王决心错过了最佳婚期。"白洋淀的新故事，徐徐展开。

这部反映雄安新区建设的长篇小说《白洋淀上》，是中国作协"新时代山乡巨变创作计划"的首部作品。有评论家称其是继孙犁《荷花淀》之后，"最具白洋淀水乡气息和风采的文学作品"。

而对关仁山来说，写农民，是几十年来的坚持。关仁山说："写农民是我自愿的选择，其中有苦有乐。我想把对农民与土地的思考和理解，用小说的形式记录下来。"

在关仁山看来，写作是一种劳动，用前辈画家铁扬的话说，作家艺术家首先要是劳动者。"我用充实、艰苦的劳动丰富自己的生活。而且这劳动是平凡的劳动，与农民种地打粮相比，并没有什么高明之处。"

蒋肖斌：像《白洋淀上》这类宏大叙事的作品，如何写得好看而不给人“命题作文”的感觉？

关仁山：“命题作文”容易概念化，如果不能艺术表达就会失败。与时代同行的写作有一个问题，就是拉开距离——审美的距离。我选择了迎难而上、正面强攻，从现实生活经验中取材，把政治话题转化成文学话题，写人的灵魂蜕变和新生，从大事件过渡到人物命运上，比如王决心、乔麦和赵国栋的形象塑造。

王决心是打渔人，从他和家人的视角写出白洋淀的风土人情，写出乡亲在新区成立和乡村振兴中的爱恨情仇、喜怒哀乐。这样的转化，就让作品远离概念化。同时，宏阔的时代生活不能舍弃，于是设计了新区常务副主任赵国栋，他是官员，避开一些官场小说的东西，来展示新区建设波澜壮阔的背景以及由此展开生活的矛盾冲突和人物命运。

蒋肖斌：《白洋淀上》的创作难点是什么？如何突破？

关仁山：《白洋淀上》是我第一次创作多卷本小说，构架人物关系是一个难题。最初写了一个3万字的提纲，朋友读了不满意，我自己也否了。我就开始读书，一边读书一边走进生活，生活是新鲜而丰富的，一切都要在深入生活中破解。后来我认识了白洋淀的朋友阿民，他带我走进了水村王家寨。王家寨人能说会唱，我们走村串户，现场感油然而生。人物原型王永泰就出现了，他是小说里的核心人物，紧接着，百岁铃铛老人原型又出现了……

通过搭建人物关系，看到现实生活的复杂性，相互渗透，相互交织。这时，难题又出现了，作家怎样冲破表面泡沫、揭开人物内心的秘密？没有可以借鉴的经验，全靠自己独立思考、判断，拨开生活的迷雾，终于看到了王永泰等人的苦恼与矛盾。他希望新区给乡亲带来好处，可是，不让盖房了、不让打鱼了，他又担忧新的形式主义，后来当他看到儿子王决心的进步，渐渐消除了疑虑，还在水灾中为保护白洋淀大堤而壮烈牺牲。

蒋肖斌：你觉得当下的“山乡巨变”与周立波时代的“山乡巨变”相比，有什么异同？

关仁山：既有内在的联系又有其特殊性。共同点是人的变化，但时代变了，乡村形态也变了。《山乡巨变》是对农民私有制思想的改造提升，比如改造固执派王菊生；而《白洋淀上》描写的是今天农民创新意识的觉醒。

农民经历了40年的改革开放，从“融不进的城市，回不去的乡村”的艰难处境中走出来，返乡农民回流，就是依靠乡村振兴的好政策来致富。《白洋淀上》中农民乔麦的大豆种业创新就是一个证明，在生态文明和科技创新中要效益，这是现代农业的必然要求。而在一切变化中，人的情感和心理变化更为重要。作家要透过现象看本质，放在历史长河中考察，农民的精神实质究竟发生了怎样的巨变。

蒋肖斌：你认为“山乡巨变”应该从平地的“山乡”到达怎样的高峰，才算完成了“巨变”？

关仁山：从乡村振兴中抒写山乡巨变，是持久性的，久久为功。真正反映一个时代的经典性大作品，才能称得上高峰之作。对真正的高峰，要“热情呼唤、耐心等待”，这种呼唤不是不作为，而是引领和培育。高峰式作品不是我们命名的，而是要经受时间的检验。创作高峰作品，作家都有渴望、有压力。压力变成动力，作家要深刻认知新时代，真正与农民同呼吸共命运，写新农民不能概念化，不能就事论事，应该把乡村振兴的故事放在广阔的社会历史背景中分析、构思。

蒋肖斌： 20世纪90年代初，你曾在一个小渔村体验生活，当时在渔村发现了什么？创作了什么？

关仁山： 1990—1993年，我在故乡唐山渤海湾一个叫涧河的渔村挂职副村长。那时候我发现，改革开放之后的渔村，传统文化被商业大潮冲击而陷落，影响世道人心，渔民用生命捍卫自己的尊严。这让我十分震撼，在其中挖掘出奇异的小说。

这时期，我创作了“雪莲湾风情”系列小说。创作基本以中篇和短篇为主，写了大概有三十多篇，包括《苦雪》《蓝脉》《醉鼓》等。其中《苦雪》获得了人民文学奖，写一个打海狗的老人面对商品世界，面对人的欲望，他不妥协，自己装扮成海狗冲向人群、倒在枪口下的悲剧。根据这一时期的生活，还创作了长篇小说《白纸门》；描写渤海湾的小说《船祭》获得香港《亚洲周刊》第二届小说比赛冠军奖。

蒋肖斌： 你为什么一直关注乡村？

关仁山： 我在《天高地厚》后记中说：“农民可以不关心文学，文学万万不能不关注农民，我是农民的儿子，要永生永世为农民写作。”1997年，告别写渤海湾农民，我“上岸”写农民与土地的命运，连续创作了《大雪无乡》《九月还乡》等，以及农民命运三部曲《天高地厚》《麦河》《日头》和长篇小说《金谷银山》《白洋淀上》等。

作品在内容上没有什么连贯的人物、地点和故事，但题材是一致的，都紧紧抓住了当前农村最紧要的现实问题：三农困境、土地流转、农民工进城、农村基层领导权、乡镇企业、招商引资和自然资源的破坏、强行拆迁和城镇化、乡土文化传承、乡村振兴等。中国农村四十多年来发生的所有阵痛与巨变——从家庭联产承包责任制到新一轮的土地流转，以及前途未卜的城镇化建设和乡村振兴——过去、当下、未来的三维空间都进入了创作画卷。

《日头》的主人公金沐灶，是民间一个思想文化探索者。我之所以塑造他，源于一个故事："文革"时期，一位老校长为了保护一口大钟，一口血喷在钟上，大钟上刻有金刚经，有人蘸着校长的血把金刚经拓了下来。我把这个故事放在金沐灶身上，这个突发事件一下子改变了他人生的所有走向。金沐灶带着悲悯情怀，苦苦追寻如何让中国农民过上好日子。虽然他是个失败者，但他的追问和求索极有价值。最初设计故事时，我想写一个复仇的故事，但后来发现人物形象应该是超越复仇的，他突破了既定的故事格局，使小说成为一个讲述农村维权者、探索者的奋斗传奇。

中国农民这个庞大的群体，总是与贫穷、苦难、曲折和坎坷等词汇相伴。乡村振兴开始了，尽管还有很多困难，但相信党和政府，相信农民的主体力量，他们一定会走向光明的未来。

就文学来讲，抒写乡村振兴的作品有同质化倾向，作家除了决心和热情，还要保持文学的独立品格、独立思考，真正做到艺术表达，同时还要顾及读者阅读和审美习惯。

蒋肖斌：你觉得当下青年作家笔下的乡村有什么新面貌？

关仁山：青年作家的创作日益成熟，比如《琵琶围》等，但专门写乡村题材的青年作家还是太少。新时代的年轻人，要有扎根乡村的勇气，面对乡村的各种问题，仅仅批判是不够的，应该有建设者的积极态度，追求有价值的生活，即便不创作也要对新农村有清醒客观的认知，发现问题，解决问题，追求崇高而激荡的事业。当青年作家在实践中拥有了生活积累，就可能成为新农村的书写者。

蒋肖斌： 你被称为河北现实主义写作的“三驾马车”之一，你觉得要做好现实主义创作，作家需要具备哪些素质？

关仁山： 最重要的是责任心和使命感，而一个好的作品要有中国经验的书写，还包含这样几个维度：一是传统性，作品表现出的文化经验有中华民族的传统意味、属于中国的美学神韵；二是本土性，即地方性和地域色彩，如方言、民俗等；三是巨变中的中国的文化经验，这也是一个新课题。

蒋肖斌： 哪些文学作品对你的成长和创作产生了重要影响？

关仁山： 每个时代有每个时代的文学，经过读者的检验，给每个时代的文学精品赋予了经典意义。《创业史》《山乡巨变》《荷花淀》《铁木前传》《平凡的世界》等作品影响了我，拿《创业史》来说，我多年的创作中一直在寻找现实农村的梁生宝。这些小说我喜欢，读得津津有味，我与这些农民的形象是那么亲密无间。

作家在每个时期以作品对时代发言，对当代生活有着更全面、深刻的把握。创作仅靠作家的想象力是不够的，在复杂多变的现实生活面前，想象力永远是渺小的，广阔的社会是由普普通通的人民组成的，他们的劳动与生活，平凡又伟大。

蒋肖斌： 在不同阶段，你都会创作新的作品来反映当下变革中的乡土中国，接下来有什么创作计划？

关仁山： 我最近到正定滹沱河畔体验生活。我目睹了农村的困境、看见了乡村的巨变，也见到了形形色色的人物和事件。当人的权益和尊严被权力和资本损害时，作家应该站出来毫不留情地批判，否则现实主义会失去其美学价值。

我正在创作长篇小说《太阳照在滹沱河上》，滹沱河流域正定塔元村是我特别关注的地域，这里有着特殊的文化内涵，文化传承融入乡村振兴，文化创新的故事震撼人心，我希望在新的小说中打造文学地标。

蔡骏：生活是最大的悬疑

蔡 骏

蔡骏，作家、编剧、导演。中国作家协会全委会委员。

已出版《春夜》《镇墓兽》《谋杀似水年华》《最漫长的那一夜》《天机》等30余部作品，累计发行1400万册。作品发表于《收获》《人民文学》《当代》《上海文学》《十月》《江南》《中国作家》《山花》《小说选刊》《小说月报》等。曾获茅盾新人奖、凤凰文学奖、梁羽生文学奖杰出贡献奖、郁达夫小说奖提名奖、《上海文学》奖、百花文学奖、《人民文学》青年作家年度表现奖等。作品被译为英文、法文、俄文、德文、日文、韩文、泰文、越南文等。数部作品被改编为电影、电视剧、舞台剧。有电影导演作品《X的故事》。

悬疑小说与推理小说，更容易出现在大城市，因为它是工业文明的产物。

悬疑、上海，这是作家蔡骏身上的两个标签。尽管“贴标签”是一件简单粗暴的事，但作为了解一位作家的入口，可以一试。

如果读中国的悬疑小说，则绕不开蔡骏。从 2001 年长篇悬疑小说《病毒》横空出世，此后他以旺盛的创作力，接连出版了《猫眼》《荒村公寓》等小说，曾连续 9 年保持中国悬疑小说最高畅销纪录。

很多“80后”“90后”是“看着蔡骏的书长大的”，如果仍保持阅读会发现，近些年，蔡骏似乎变了。他在2021年和2023年出版的《春夜》《一千万人的密室》，无论是题材还是语言，都与此前作品截然不同，很多读者感觉，这不像是同一个人写的，甚至有人怀疑他找代笔了。

出生于上海，生活于上海，蔡骏是一个正宗的上海人。从《春夜》开始，他用大量的文学人物的名字和上海的地标相互交织，构建他自己的上海——一个不同于张爱玲、王安忆，抑或金宇澄的上海。

在蔡骏看来，上海是一个适合悬疑的地方，而生活是最大的悬疑。“对我来说，现在的每一次选择都面临着不可测。我并不知道写《春夜》《一千万人的密室》这样走出舒适区的挑战最终会怎样，但我愿意去尝试，愿意去面对不可预测的未来。”

蒋肖斌：《春夜》和《一千万人的密室》可以视为你的转型之作吗？

蔡骏：这两部作品本身在类型上、风格上、语言上都有蛮大的差别，但共同点是作品的文学性都会更强，并结合了一定的类型性。之前大家知道我的作品往往是那些悬疑小说，其实我从2014年就又开始系统性地写纯文学的中短篇小说，一直到今天，不断地在文学期刊发表这些作品。

从类型小说到纯文学，需要换一种思维方式，这种挑战明显地在我身上发酵。当然，悬疑小说我依然还在写，比如2017年出版的《宛如昨日》、《镇墓兽》系列等。只是从《春夜》开始，我有了一个对自己的集中的总结，不仅是文学的总结，某种程度上还是对自己人生的总结。到《一千万人的密室》，我更想在类型小说和纯文学之间找到一条能够兼容并蓄的道路。所以在这部作品中，读者或许能发现各种风格糅合出来的独特化学反应。

蒋肖斌：无论是最初的《病毒》还是不久前出版的《一千万人的密室》，你似乎喜欢在一个现实环境中讲一个虚构故事？

蔡骏：我喜欢写那种亦真亦幻的故事，在现实与虚构间找一个平衡点。如果让我去写完全架空的奇幻故事，那对我而言就太遥远了，没有一个支点——这个支点就是我们的现实。

现实可以是发生在我们身边的故事、真实的时间地点，以及我们经历过的所有集体记忆，但更重要的是作者要去把握一种真实的典型环境。现实主义，并不等于复制现实；如果完全描述现实，那不如去看报告文学、纪录片，这不是小说承担的职责。文学的真实是更抵达人的本性、人的一种经过提炼的状态。

我们回到悬疑小说。其实小说中绝大多数案件是不会在现实中出现的，现实案件一般没有那么复杂，犯罪分子的作案动机也比较简单。那为什么要在小说中设计得那么“有创意”？因为那是一种文学的真实、更重要的真实，体现的是其背后的人际关系与社会问题。

简单来说，可以理解为故事发生的环境背景是真实的，人物和故事是虚构的，但故事反映出来的人和社会的状态又是真实的。

蒋肖斌：你说类型作家要打破“路径依赖”有一定难度，怎么理解“路径依赖”？

蔡骏：写类型小说久了，就会形成很多你自己的经验，只可意会不可言传，你掌握的这些“套路”可以让你继续比较轻松地写下去。能不能突破，谁也不知道。当你选择写其他类型或者纯文学的时候，就会损失掉很多你原来擅长的东西，比如语言。

《春夜》和《一千万人的密室》的语言，与我今年（2023年）出版的另一部小说《谎言之子》也不一样。语言就像人的皮肤，我等于是要“脱一层皮”去做这件事。作家切换赛道是一件很难、甚至很危险的事，因为你的挑战很可能不成功，还可能把以前的东西也丢失了。

蒋肖斌：那为什么你还要去做？

蔡骏：一方面，我有强烈的欲望去做这件事，想要改变自己；另一方面，我觉得那种语言风格也很好，没写过，就想把它写出来。

蒋肖斌：你的第一部悬疑小说是2000年发表于“榕树下”网站的《病毒》，当时为什么想写一部悬疑小说？

蔡骏：写《病毒》的时候，我甚至不知道什么叫悬疑小说，完全没有这个概念。当时国内也没有类型小说的概念，更多的是在说“惊悚小说”“恐怖小说”“灵异小说”，以及传统的“推理小说”。这些概念现在依然存在，只是到了2005年左右，我非常有意识地想要以“悬疑”来概括以上那些小说类型。因为它们有一个共同点，就是有悬念，那是它们最大的交集，也更符合中文的语境。

比如，日本称之为“推理小说”，但日本推理小说所涵盖的范围远远超过中国人所理解的“推理”二字，这个概念并不适合直接照搬。其实在《一千万人的密室》中有本格推理的成分，这在我以前的小说里几乎没有，对我是一种挑战。本格推理不好写，在各种刑侦手段如此发达的今天，需要有新的创意。我在小说中设计了一个案件的几重翻转和诡计设计，是完全原创的，没有受真实案件或其他推理小说的影响。

我可能是一个感性和理性同样强大的人。一般来说，写小说通常是感性思维、形象思维，但写悬疑小说，同时要具备逻辑思维。特别是在案件设计中，一环扣一环，任何一个地方出现问题，小说的整体调整就会巨大。我不敢说我的作品密不透风，但也想让99%的读者信服。

蒋肖斌：在互联网上写作与传统出版，从作家创作角度来说会有什么不同？

蔡骏：2000年的时候，大家都在网上写作，因为传统的发表渠道很难，在网上发表能直接被那么多人看到，很开心。那时候的网文也和现在不一样，现在的网文是有商业价值的，当时没有，连付费模式都没有，纯粹凭热情写作。能被看到就很好——如果有人喜欢——那就更好了。

当然在这个过程中，《病毒》2001年在网上连载完，不久就有出版社联系我，2002年就出版了，所以从那时候开始我的作品就不太在网络首发了。最初的写作是纯业余的，那时候我二十二三岁，在上海邮政上班，主要工作是编行业年鉴。

蒋肖斌：那是和刘慈欣那样可以在上班时候“摸鱼”写小说吗？

蔡骏：一般不会，但确实工作比较轻松，让我有时间在业余进行创作。对绝大多数写作者来说，写作是一种爱好，只有极少数人能把文学创作当成职业，而且这也是建立在当下有非常多的“文学变现”的方式的基础上。但从本质上，只要时间允许，你真的可以长期业余写作，有很多伟大的作家是长期业余的状态。

蒋肖斌：你从什么时候开始觉得可以把写作作为职业了？

蔡骏：2007年，当时我要办一份杂志，与工作产生了冲突，于是辞职了，所以我也不是因为写作才辞职。

蒋肖斌：可以说你见证了中国悬疑小说的一个发展史，很多“80后”“90后”是“看着你的小说长大的”。写了20多年，你觉得自己的写作可以分为哪几个阶段？

蔡骏：2000年开始创作《病毒》，是一个摸索的阶段；2005年开始逐渐成熟，如《荒村公寓》《地狱的第19层》《蝴蝶公墓》《天机》系列等；到2011年出版《谋杀似水年华》，就开始寻求变化，希望更贴近社会现实；2014年开始写《最漫长的那一夜》系列，重拾中短篇小说。

其实我最早在“榕树下”是写中短篇小说的，属于纯文学，只是《病毒》之后就不太写了，时隔十几年重拾，并不容易。但很幸运，小说在很多文学期刊发表了，还得了很多文学奖项，让我重拾信心，于是我开始了双轨的写作——一边类型文学，一边纯文学，或者两者的结合。

2017年到2019年之间，《镇墓兽》系列是完全的类型小说，甚至有些接近网络文学。但同时在比较接近的时间内，我又开始写《春夜》，之后又接着写《一千万人的密室》和《谎言之子》。最近两年，我在写新的中短篇小说。

蒋肖斌：你很喜欢中短篇小说吗？写中短篇的作家并不多。

蔡骏：一般来说现在中短篇都是纯文学，几乎没有类型文学，因为类型文学的杂志已经基本消亡。从创作上，长篇和中短篇也是两个概念，在英语中，两者不是长和短的区别，都不是一个单词（“novel”和“story”），它们的逻辑结构、人物关系、要表达的东西，有很大差别。

从某种程度上，中短篇小说更难写。长篇小说的空间大，你可以用各种各样的方式、各种各样的人物，去完成故事。中短篇小说的空间更小，你要在有限的空间内做到极致。举个不恰当的例子，中短篇小说适合改编成电影，长篇小说适合改编成电视剧。

蒋肖斌：有一个老观点认为类型文学不如纯文学，你会为了追求“更高级”的文学形式而转型吗？

蔡骏：转型肯定不是因为这个。类型文学中也有一些非常顶级的，毫不逊色于纯文学，只是两者的评价标准不一样。但是我认为，文学最核心的东西——精神上、主题上那种宏大的想象力，是可以超越一切标准的。

我不觉得类型文学就“低人一等”，只是我个人想表达的东西，有很多超出了类型。比如，我对世界的看法、我对社会的认知、我自己成长的经验……我最早在“榕树下”就是写纯文学的，从那时候起就积累了一些想法，“积压”了一些故事与创意。因为我觉得自己当时的能力不足以写出来，我在等待自己慢慢成熟。

蒋肖斌：作为一个“土生土长”的上海作家，你在《春夜》中对上海的描述非常细致。与王安忆、金宇澄、陈丹燕这些也被打上“上海作家”标记的前辈相比，你笔下的上海有什么特质？

蔡骏：你提到的那几位作家是我的上一代人，我们有着完全不同的成长经验。每一代人的人生经验都非常宝贵，而且不可复制。在不同时代的人的成长过程中，肯定会有新的东西出现，想要将其完美地用文学表达出来，可能需要在若干年之后。就像余华、莫言最好的作品，写的并不是当下。

对我这一代人来说，我深刻地感受到全球化对上海的影响。上海是中国连接世界的一个窗口，这在我的作品中体现得还是挺多的。比如《春夜》中一段很重要的情节，主人公消失了，最后在巴黎被找到。如果说过去中国文学的人物归宿更多是向内“溯源”的，那么《春夜》是向外“扩张”的，不仅是时空上的，更是精神上的。

另外很重要的一点，我写的上海有着强烈的“工人阶级”的文化烙印，和一般印象中布尔乔亚式的上海很不一样。其实上海是一个比东北更老的“老工业区”，大部分上海人的家庭背景与工厂、国企有关联。东北的工业题材上海也有，只是可能以前被张爱玲式的上海掩盖了。

我马上要出版一本新的合集《曹家渡童话》。曹家渡是上海的一个地名，集子中的每一个中短篇讲的都是我小时候的经历。

蒋肖斌：上海这座城市的气质与悬疑小说会有契合吗？

蔡骏：悬疑小说与推理小说，更容易出现在大城市，因为它是工业文明的产物。工业文明发展的剧烈变革，会产生一种强烈的不确定性，这种不确定性构成了悬疑小说的深层内核。

上海有很多老建筑，老建筑现在还住着人，有的还自带神秘传说，天然构成了悬疑的元素。比如《春夜》中的春申机械厂，前身是旧上海的资本家创办的，创办者还留下了一些神秘的东西……这些都在小说中有所体现。

蒋肖斌：闭上眼，你脑海中浮现的上海是怎样的？

蔡骏：百万工人每天早上上班，浩浩荡荡的自行车队伍，是我对2000年以前的上海的印象。

张怡微：捕捉夹缝中的人

张怡微

张怡微，复旦大学中文系副教授，戏剧（创意写作）专业硕士导师。青年作家，上海作协理事、上海青年文联理事、中国作家协会会员。

著有小说、散文集20余部。曾获台湾联合报文学奖短篇小说评审奖、时报文学奖小说组首奖（2013）、台北文学奖散文组首奖（2013）、香港青年文学奖小说高级组冠军（2011）、紫金·人民文学之星散文奖（2014）、第四届茅盾新人奖提名奖（2021）、第三十六届田汉戏剧奖评论组一等奖（2022）等。

文学应该照亮的是复杂的感情，所谓“难言之隐”。

张怡微作为写作者的名字，第一次见诸媒体，可能是因为新概念作文大赛。这个对“00后”来说已经有些陌生的名词，在“80后”“90后”眼中代表了写作的另一种可能性。张怡微在2004年获得第六届新概念作文大赛一等奖，但那已经不是大赛的风口浪尖时期，那一年，她17岁。

从文学起步的《家族试验》，到《细民盛宴》，再到《四合如意》和最新出版的《哀眠》，张怡微18年来的代表作都在人民文学出版社出版。在她的笔下，社交媒体下的人情关系、二次元人群的生存方式、晚年处境、婚姻思索、移民命运……都拥有了新的面向与轮廓。

张怡微的学术专著则大多有关《西游记》，包括《明末清初〈西游记〉续书研究》《情关西游》等——除了作家，她的另一个身份是复旦大学中国语言文学系创意写作专业的副教授。

作家进高校教书已经不算什么新鲜事，张怡微只是觉得，两个身份一叠加，生活就被“摧毁”了，导致“一直在工作”。“也许我的爱好是上班，但有时也爱好——或者说憧憬，能放个大假。”张怡微说。

蒋肖斌：《哀眠》是一个短篇小说集，现在写短篇的青年作家似乎不多，你个人是喜欢这个体量的小说吗？

张怡微：其实写短篇小说的作家很多，只是对于青年作家来说，想要获得权威的肯定，短篇小说是一条非常困难的路径。也正因如此，写短篇无“利”可图，更有一些纯粹的特质。

我并不能说喜欢这个体量，而是我有正式工作，高校“青年教师”的本职工作就极其繁重，我一年中能够筹措的时间，只够写作和发表两三篇短篇小说。我入职6年，差不多就完成了《四合如意》和《哀眠》。

当然，我自己很喜欢阅读短篇小说，同样是因为时间稀缺。除了上课时会用到的书，我已经很久没有阅读大部头的长篇小说。我给自己增添了不少压力，以便不要沉浸于阅读的舒适区。比如，最近我接了一个重读《安娜·卡列尼娜》的活动，争分夺秒地在重新翻阅、理解和认识长篇的结构、人物的出场，以及副线的构建。

我很喜欢读小说，无论长短。

蒋肖斌：有人评价你的小说是“世情小说”，你怎么理解“世情”？

张怡微：这是一个评论家在10年前的一篇文章里说的。我很感谢他对我的关注，不过作家不太可能围绕某个人的看法来写作。从文学史的角度，世情小说也不是一个纯粹褒义的词。我觉得我的小说确实比较通俗，我自己也是通俗小说的爱好者，不然也不会通过《西游记》安身立命，完成博士论文，还给大学生上《西游记》导读课。

世道人情中，只要是说得清楚的感情，其实都没有写作的必要性。文学应该照亮的是复杂的感情，所谓“难言之隐”。但没有必要，不代表要回避它、完全不去书写它，关键在于创作者如何识别、提炼复杂情感背后的深意。这就涉及我们怎么理解人、理解社会结构、理解人与自然的关系。

长期以来，我都比较关注自己生活周围的普通人，所以我没有写英雄，甚至没有写出一个比我自己聪明的人。我写普通人的喜怒哀乐，写普通人的婚姻和离散。我现在37岁了，当然也会有一些新的欲望，心中会涌起新的写作需要。

在收入《四合如意》的短篇《字字双》里，在发表在《十月》杂志的中篇《失稳》里，其实都有一些夹缝中人。例如，做社会学研究的学者，在国际学校教书的老师，他们有时会看到一些社会结构边界的人群，也会将自己置于这种交界处。

例如《字字双》中的安栗，她是做老年人情欲研究的，她可以用第二语言来回避许多中国文化中讨论情欲的尴尬，但她还是要面对家人，来诉说她花费大量精力留学、求教职，到底在研究些什么。有一个刹那，母亲和舅舅们为了争取拆迁的房子在闹事，她不知自己应该加入还是当观察者。这些瞬间，是我喜欢捕捉的，也是我比较熟悉的。

蒋肖斌：作为一个年轻的作家，为什么会关注老年人群体？

张怡微：我也许写了一些老年题材的小说，但从数量上来说，还是写少年、青年的更多。而且我也不是那么“年轻”，我甚至已经没有办法申请国家社科基金的青年项目。

一个普遍的认识是，我们都会老的。我最近也和朋友们一起在调研一家养老护理机构，采访护工。但我们能做的其实非常少，大量的聊天和采访基本都浮于表面。关注老年人群体，不是我以作家的身份在关注，而是我以一个对未来生活有推理欲望的研究者，希望参与、优化一些社会配置的微小努力。

我们采访过一位护工阿姨，很有意思。她儿子大学毕业后在市中心工作，先生在上海郊区当门卫，新冠疫情三年，他们三个人都在上海，但没有见过面。她有抖音，她会躲在养老院的厕所里录歌，她在抖音里美颜过的脸，和真实生活中的完全不同。她们的照护工作非常辛苦，但她们有自己的方法逃逸到虚拟世界中。

我觉得现代传播的各种媒介或者技术，是城市生活中的现实主义。现在互联网非常下沉，那些网络的用户有自己的偶像、有自己对偶像的看法，我们在学校里待着是无法推测的。老人不会我们设计他们过什么生活，他们就过什么生活。

护工阿姨说，只有你们城市里的老人有养老问题，我们农村没有这个养老的概念。这些其实就是我们现实生活很重要的一部分，老人没有与我们的现实割裂，也没有与我们割裂。

蒋肖斌：那在新媒体时代，爱情、亲情、友情这些古老的关系，会发生什么变化？

张怡微：在很多人看来，我算是一个重度使用社交媒体的人。我用微博推荐我的书、我喜欢的书，推荐我的学生，推荐我们的专业，在小红书，我也是做一样的事。但是我很少会在社交媒体谈论爱情、亲情和友情。我只在论文、课程、专栏里，就文学作品、电影作品、戏剧作品，来讨论这些话题。我也不展示和更新与情感有关的任何生活。我觉得社交媒体是一个公共场域，它只是一部分的我、工作中的我。

当然我也知道，很多人会就合影、就@的对象做文章，蛮可笑的。亲密关系的难点，并不在于用什么媒介、什么频率交流；它在于，在重大决策时、利益可能受损时，我们该怎么谈判，该怎么预判风险。

相处一直很好的人，有可能与我想法不一致，正是在一些重大问题上，能看出这个人是不是可以跟我并肩度过人生下半程。

在这些关键节点上，社交媒体的作用不大，反而是古老的力量影响更大。当然时代会给我们一些新的话题，会给我们在灰度地带来更多的叙事空间。英国电视剧《黑镜》有一集讲的是，进入虚拟游戏之后，主人公性别变了，还爱上了发小，他们都确定自己是异性恋，他们只在虚拟世界里展开情感关系，这算不算出轨？这些伦理话题，我很感兴趣。

我对传播学一直很有兴趣。本科时进了复旦哲学系，想转去传播系，他们没要我。这些小的情怀像种子一样，一直埋藏于我的精神生活中，可能到最近几年发挥了一些文学面向上的作用。

蒋肖斌：虚构的故事中感觉有你自己的影子，你的个人成长经历对写作有什么影响？

张怡微：多多少少有一些我看世界的眼光，但如果说是我自己的影子，那其实我小说里所有的女主人公，能力都不如我，我也过得比她们好——这对写作来说，是很遗憾的。困顿是生活日常，虚构写作却是可以借助可能的条件，活出生机、走出困局的。

我的个人成长经历，对我知识性的影响微乎其微。我的父母都是工人，我们家的书，是我从零到数千本自己买起来的。但我30岁以前经历的许多生活问题，例如家庭解体、亲眷矛盾、独生子女政策、出版合约纠纷等，当然是构建“我成为我”的经历，帮助我看到自己相对顺遂的成长道路中看不到的那些人。她们中，很多是弱势的人、被看漏的人——我是有可能成为她们的。

叶广芩：那些待过的地方，那些与文学有关的时光

叶广芩

叶广芩，北京市人，满族。国家一级作家，中国作家协会全委会名誉委员，西安市文史研究馆馆员。曾任陕西省作协副主席、西安市文联副主席。是享受国务院特殊津贴专家。

主要作品有长篇小说《采桑子》《全家福》《青木川》《状元媒》等，长篇纪实文学《没有日记的罗敷河》《琢玉记》《老县城》等，中短篇小说集多部，电影、话剧、电视剧等多部。儿童文学作品《耗子大爷起晚了》《花猫三丫上房了》《土狗老黑闯祸了》《熊猫小四》三次获得“中国好书”。作品曾获鲁迅文学奖、老舍文学奖、少数民族文学骏马奖、柳青文学奖、萧红文学奖、中国女性文学奖、中国环保文学奖等奖项。

写给孩子的作品不能用理论的方式，我就用文学的方式告诉孩子们。这个世界充满了孤独，要学会排解，我们会经历很多，包括死亡。

当过护士、记者、作家，今年76岁的叶广芩在几十年来为人熟知的作品有《采桑子》《全家福》《青木川》《状元媒》等几十部。《采桑子》中的北京大宅门，注视着“贵族”后裔在近百年间的人生百态；《青木川》中的陕南古镇，又目睹了秦岭“土匪”的尘封历史。

这些年，叶广芩为孩子写了很多故事，都和动物有关——《耗子大爷起晚了》的耗子住在颐和园，《花猫三丫上房了》的花猫上的是老北京胡同的房顶，而《猴子老曹》和《熊猫小四》活跃在秦岭深处……而这些地理空间，恰好也是叶广芩生活过的地方。

在北京一个极其普通的现代小区里采访叶广芩，穿着一件鹅黄色卫衣的她聊起童年、聊起美食，聊起写作，记忆深刻，神采飞扬，依稀还是那个坐在颐和园谐趣园的廊子上，晃荡着双脚，看着满池荷花的小丫头。

蒋肖斌：居住地往往会对作家产生比较大的影响，你从小到大在哪些地方居住过？

叶广芩：我小时候住在海运仓隔壁的胡同，一直住到工作。6岁的时候，跟着在颐和园上班的哥哥，在园子里住过近两年。那正是一个孩子开始对周遭产生好奇的时候，这段经历深刻地影响了我。

没人陪我聊天，我很孤独，全在心里边想。我坐在乐寿堂大窗户的窗台上，家人告诉我，慈禧看戏不是正襟危坐在正对的宝座，而是往南炕上一靠，我就想，我坐这儿不会把老太太视线挡了吧？园子里的老人告诉我，光绪住在玉澜堂，没事就爱打小鼓，我就想，皇帝也是无聊得很……孩子的想象力就在这满园的历史中慢慢培育起来了。

蒋肖斌：你的首部儿童文学《耗子大爷起晚了》的故事就在颐和园发生。

叶广芩：颐和园在我生命的记忆中，是不可磨灭的地方。它深厚的历史与丰厚的文化，是我们中华民族宝贵的财富。而从我的角度，它的烟火气息、民俗气息，又给这座曾经的皇家园林增添了新的文化内涵。历史和生活结合，是北京文化传承的底蕴。这种底蕴一直到今天，无处不在。

颐和园曾经的街坊四邻，让我初识人生，它的精致大气、温情善良，奠定了我的人生基调，让我受用匪浅。这部作品既是我个人对童年的回望，又是对美好童年的致敬，自由自在的纯真应该属于每一个时代的孩子们。

蒋肖斌：为什么要把童年的孤独写进儿童文学中？

叶广芩：园子里没有其他孩子，我没有朋友，也没人管我，到点儿就去食堂吃饭，吃得也很单调，成天就是炒土豆丝儿。但那种孤独，对一个孩子的成长太珍贵了。

写给孩子的作品不能用理论的方式，我就用文学的方式告诉孩子们。这个世界充满了孤独，要学会排解，我们会经历很多，包括死亡。所以在《耗子大爷起晚了》中，北宫门外的“老李”死了。有些道理，需要作家慢慢用语言、用人物来解开孩子的心结，告诉他们社会是怎么回事、人生是怎么回事。这是一个作家不可推卸的责任。

蒋肖斌：这是颐和园对你的影响，那在烟火气的胡同里呢？

叶广芩：我在胡同经历了非常困难的时期，父亲去世后，母亲没有工作，全家陷入贫困。有一次，她翻箱倒柜找出一个戒指想变卖，又下不来脸面，就让我去。我去东华门拐角一家收金子的银行卖，卖了20多块钱，够全家活两个月。

经历过贫穷的孩子，会有两种倾向，一种是变得吝啬，另一种是视金钱如粪土，我可能是后者。我经历了最穷的时候，就不怕贫穷，那么穷都过来了，还有什么过不去的坎儿？小时候的经历奠定了一个人性格的基础。

游颐和园的小姑娘“丫丫”上学后，搬回四合院与父母妹妹生活，有猫有狗，这就是《花猫三丫上房了》《土狗老黑闯祸了》两部小说的故事。在这段时光中，孩子在成长。

与孩子一样，城市总是在更新、变化，这让我有一种双重的眼光。比如，北京有一个地铁站叫太阳宫，周边全是高楼大厦，但在我的童年记忆中，这里是一片菜地，一派田园风光。所以当我今天从太阳宫地铁站出来后，我心里就有两重景色，我能把这两种景致连接在一起。也正是这种冲击，让我像一个裁缝，把过去和今天用一个故事衔接起来，这是一个作家的骄傲。

蒋肖斌：20岁你到西安工作，刚到西安什么感受？

叶广芩：我1968年8月到的西安，第一天就下雨，西安的秋雨没完没了，从8月一直下到11月，我只有一双布鞋，每天都是湿的。后来，当地人告诉我，这种秋雨叫“秋霖”。我就想起了唐玄宗，在杨贵妃被赐死后，往四川跑，大概也是秋天的时候，他听着秋雨没完没了地下，于是作了“雨霖铃”词牌怀念贵妃，听者无不落泪。西安的雨都这么有文化，我开始去慢慢了解这里。

当时我经常去农村，走着走着就可能踢到一片瓦，捡起来一看，周代的、汉代的。那时候没有人把这当回事，也没有文物的概念，我就把捡来的瓦片堆在家门口，各个朝代的都有。在陕西，文化隐藏在地底下，又浸润在空气中。

蒋肖斌：（20世纪）90年代你成为专职作家，为什么“迅速”到了村里？

叶广芩：当时我在西安文联工作，成天坐在办公室里写东西，我不喜欢，就打报告申请“下去”。2000年我到了周至县，只在县委待了极短一段时间，我又申请到了村里。

我当记者的时候，去的最多的就是秦岭，比较艰苦，但我喜欢，每年都去采访在深山老林里工作的科研工作者。到了村里的动物保护站之后，我跟人要了一套迷彩服、一双解放鞋，跟着大伙儿一块儿吃、一块儿住、一块儿巡山。我们还替老乡收麦子，收完管我们一顿饭，很快就和老乡混到一块儿了。

蒋肖斌：你在秦岭9年，最近又为孩子写了很多秦岭的动物。

叶广芩：这些动物都是有真实来源、亲身经历的，我在书的后面都请动物保护站配了相关图片。这些山野精灵为我创作这套书提供了丰富的素材，一想起它们，我就像回到了那个山清水秀的地方。我想跟孩子们分享人与动物共生共长的理念，让孩子们知道，动物也有尊严和情感。

第一个故事写的《熊猫小四》，故事来自三官庙村和老县城村。那里的山深得不能再深，故事的主角基本都有原型。大熊猫过年时候会到村民家里“做客”，吃遍了各家的腊肉、洋芋。深受村民欢迎。人和动物的故事给我们以温情与感动。

第二个写的是《猴子老曹》。我和金丝猴的第一次接触实属偶然，当时我住在秦岭的菜籽坪，那天是重阳节，也是我50岁生日。饭后我去镇上，转过一个山弯，猛然发现，山路上和树林里，一大群金丝猴在嬉闹跳跃，我们就这么直接“撞”在了一起。一只母猴背上驮着一个小猴崽儿，从我脚边悠然走过，全然不把我放在眼里。从它们身上，我们懂得，人不是万物之灵，任何生命都是有感觉的，都是值得尊重的。

蒋肖斌：你最近正在写的是羚牛？

叶广芩：羚牛和我之前写的熊猫、猴子不一样，它离人们的日常生活有些远，与人的交流比较少。所以我换了一个角度，讲一个女动物学家，一个人在秦岭一座山峰的悬崖上搭了一个小窝棚，观察羚牛。这位科学家有真人原型，而作为儿童文学，我就让故事从她三年级的儿子暑假去找妈妈讲起。

蒋肖斌：你第一次投稿用的是真名，据说编辑以为是位用了化名的老作者？

叶广芩：当时流行“伤痕文学”，我在医院工作，看到有的病人看得泪流满面。我就想，恐怕我也能写，于是试着写了一个短篇。病人手里拿着一本《延河》杂志，我翻到最后一页找到地址，就把稿子寄了出去，没多久收到了路遥的信，他问我是谁，因为我从来没在文学圈出现过。当然，我也不知道路遥是谁，就没回信。

后来，杜鹏程看到我在《延河》发表的小说，一个电话打到我的工作单位，说你到我这来一下。我当时以为大作家都在北京，没想到，他住在西安的一个小平房。我还记得那天，他穿着黑裤、黑棉袄。我一看，这么大的作家就这样？

杜鹏程很认真地帮我改稿子，一点一点帮我分析，整整一下午，最后把改过的稿子给我，嘱咐我将来出集子的时候就按他给我改的。他特坦诚，我很愧疚，觉得不应该辜负老先生的期望，于是我就继续写下去了，直到现在。

蒋肖斌：为什么从家族题材小说转入儿童文学写作？

叶广芩：有人说这是转型，其实我认为更是一种延伸，从根上来说它没有改变。

我给孩子们讲述以往的故事，讲颐和园、北京的胡同，讲那些进进出出的老街坊。他们都成为文化的细节，成了历史的一部分。孩子们爱听这样的故事，愿意了解周围的以往，他们就会从一个新的角度认识自己的父母，认识曾经存在过的满满的文化、满满的烟火之气。做一个细心的文化连接者是件挺有意思的事情啊！

蒋肖斌：给孩子写书会有什么不一样？

叶广芩：首先，故事要有趣，能抓住孩子的注意力；其次，把自己降低，找到作为一个孩子的感觉；最后，在写法上，不用长句子，增强画面感，注重细节，让孩子们读下来更轻松。

看书不会立竿见影，阅读和生活一样，是润物细无声的。别端着，把你的观念、你对于生活的看法，悄悄地告诉下一代。书中也不能全写真善美，现在的孩子是看短视频长大的，他们什么都知道。

蒋肖斌：小时候的你喜欢看什么书？

叶广芩：我小时候喜欢看“三言二拍”、《聊斋志异》、《阅微草堂笔记》，可能都不算“童书”。但《阅微草堂笔记》的文笔对我影响很大，它用的都是短句子，简洁明了，能一下子抓住人。

蒋肖斌：你现在什么时候写作？

叶广芩：我的作息比较“年轻”：早上8点先起床，吃完早点接着睡；这一眯就到中午11点半了，起床后也不吃饭，坐在电脑前打游戏，打赢了就一直打，打输了一生气，就开始写，毕竟写作是一件开心的事；晚上8点准时上床，但不睡，刷手机，到12点、两三点都有可能。

蒋肖斌：除了写作，还有什么业余爱好？

叶广芩：我特爱吃，只要出门，就必须找地方特色尝尝，而且自己还爱做。什么时令吃什么，最近香椿真不错，正当季，我就搁点盐、醋、香油，再不放别的，香椿的本味儿就出来了。

蒋肖斌：对未来有什么计划？

叶广芩：我有一个伟大的计划，想开车，走哪儿算哪儿，走遍全国。每个地方都有自己的文化，我有时候坐在火车站看人，看他们的表情，看他们的装束，揣摩他们的人物关系、心理活动。这个习惯可能是小时候养成的——那会儿坐在颐和园看游客，作家应该具备这种“阅人”的本事。

李修文：能自己下手，就绝不旁观

李修文

李修文，1975年生，湖北钟祥人。现为武汉大学文学院教授，兼任湖北省作协主席、武汉市文联主席。

著有长篇小说《滴泪痣》《捆绑上天堂》，小说集《浮草传》《闲花落》，散文集《山河袈裟》《致江东父老》《诗来见我》等作品。曾获鲁迅文学奖等多种奖项。

年轻人去广阔天地建立自己独特的个人体验和经验是非常重要的，靠“一己之力”建立起来一种叙述。

酝酿十余年，无数次起念动笔，李修文终于出版了长篇新作《猛虎下山》。

20世纪90年代末，镇虎山下的炼钢厂改制转轨，光环褪去，作为炉前工的刘丰收，从前的骄傲与尊严碎了一地。一只猛虎的出现，让刘丰收上山改变命运；21世纪20年代的李修文站在贵州老三线的钢铁厂，也在追寻着内心的猛虎。个体与个体遥遥相望，个体与时代总是狭路相逢。

李修文形容自己的创作是“身经”，能自己下手，就绝不旁观。“要拿出力气来，结结实实地活下去，在活里写，在写里活。写什么人，就去眼见为实；写什么地，就去安营扎寨。”

好友宁浩说李修文“厮守着古代文人的信仰”，但李修文觉得，一个认真生活、认真写作的人，都会面临很多难处，所谓信仰，就是好好生活，对得起自己许下的一些承诺，无论是对他人、对世界，还是对写作。

蒋肖斌：你的新作《猛虎下山》，把“下岗”和“打虎”两件几乎不搭界的事，作为故事的主要叙事，是怎么考虑的？

李修文：其实我首要关心的是工人。

这些年我和导演宁浩一直合作，去了很多工业城市，湖北的襄阳、宜昌，贵州的六盘水，东北就不用说了。这些老工业城市辉煌过，这些年来为了“自救”，在不断改革，把厂区改造成了酒店度假村、工业遗产文创园……我在一个铸造厂遇到过一个六七十岁的老人，他曾经是劳动模范，已经变成文创园的厂区里，至今还立着他当年的人像雕塑。

写作是对集中经验的集中处理。为什么我10年前就想写，现在才写出来？因为我感觉自己捕捉到了那个人的声音。在老人的叙述中，我感受到说书人一样的调子，他讲古往今来、花开花落，讲自己也讲别人，会有愤懑与不甘，但又见怪不怪。

至于“打虎”，湖南有过“虎患”猖獗的时候，那个年代也真的有“打虎英雄”。书中的主人公面临着两只老虎，一只是山上的老虎，一只是下岗失业的生存压力。但人总要活下去，我想写的是一个关于人的生命力的故事。

《猛虎下山》中写一个炼钢厂的炉前工，这在当时是了不得的人，能忍受那样的高温，生命力一定特别旺盛。一个有着旺盛生命力的人在遭遇下岗危机后，在二三十年的沉浮中，是如何活下来的，遭遇了怎样的生活挑战，是我关心的。

蒋肖斌：从最早的青春爱情小说《捆绑上天堂》，到后来凝重悲悯的《山河袈裟》等散文作品，转折为什么那么大？

李修文：其实我没有转折，无非是写作对象发生了变化，我一直持续探讨的是中国人的生命力。

从年轻时候写的两个长篇，到几年前写的散文，再到《猛虎下山》，最初非常单纯地歌颂关于青年的生命力，后来，我特别着迷那些经受住考验的生命力。无数个“他者”不断涌入，世界的纷繁复杂本身就包含在我们的生命力当中，那我们如何与之共舞，甚至有时候是“与狼共舞”——我想写出这种复杂。

蒋肖斌： 在写作生涯中，哪本书对你比较重要？

李修文： 曾有10年时间，我写不出小说，所以参与了很多影视剧创作，有机会去到西北，也正是这段经历拯救了我的写作，有了后来的散文集《山河袈裟》。写这本书的过程中遇到的那些人，向我展开了一个新的世界。作为一个南方人，有一些词汇是你做梦都想不到的，因为你的生活经验不曾抵达过那里。

我特别喜欢两个字——顾随先生说的“身经”，一定要拿自己的身体去经历，而不是隔岸观火。

我的父亲生病住院时，我在医院里遇到一个身患绝症的下岗语文老师和一个同病相怜的5岁小男孩。老师看到孩子，惨白的脸上居然有了红晕，从此每天在病房里给男孩补课。男孩说，反正都要死的，学这些干什么；老师听了，就去走廊上哭，哭完又回来教……这些同是天涯沦落人的故事在我眼前展开，给了我写作新的东西。

我当时很多年没有写作，也没什么影响力，没想到《山河袈裟》出版后，那么多读者喜欢。读者也许感受到了这个世界的远方不全是诗，还有命运凄惨但照样在周旋缠斗的人，这些人让我们看到一种不一样的生活。

蒋肖斌： 你在《诗来见我》中通过古典诗词写人生际遇，你个人最喜欢哪位诗人？

李修文：我最喜欢《古诗十九首》中的佚名诗人。他们写普通人的普通心情、普通遭遇，他们会有哀伤，但依然对世界充满希望。老百姓的生活中没有帝王将相，但会让人觉得像一座圣殿在世俗生活中慢慢开启大门，每一次读，都会觉得，做一个再普通的人也是有价值的。这个观念对我的影响特别大，帮助我基于这样的观念去创作。

蒋肖斌：不久前，你正式成为武汉大学中文系的一名教授，教创意写作。有一种说法，中文系不培养作家，那你在中文系教写作的意义是什么？

李修文：中文系的核心目的当然不是培养作家，但中文系也一定能够培养作家，这类例子在全世界都不胜枚举。

更重要的是，写作在今天已经发生了巨大变化。文学在不断泛化，外延到各个行业，做综艺、编游戏，需要写作，做一个电影、一部剧，更需要写作。写作的主体性在这个时代需要建立，但是对文学经典的标准，目前肯定没有变化。

蒋肖斌：你是编剧、影视监制，也是作家、大学教授，如何看待这些交叠的身份？

李修文：我觉得这可能是“学科”过于细分的问题，你不会问李渔为什么又写戏曲还造园林。我就是一个创作者。

小时候并没有受过专业文学训练，最初爱上文学是因为戏曲。老家钟祥县（今湖北省钟祥市）是一个码头式的集镇，各地沿着汉江来的人，在这里上岸补给，催生了很多戏班，有秦腔、豫剧、汉剧、花鼓戏、渔鼓调……

我就在这样的氛围中长大，一边是戏台，一边是街市，行船的人摇身一变，就成了台上的帝王将相，现实与虚幻，随时切换。我见过最多的戏台甚至不是“台”，就在铺天盖地的油菜花田边，就在码头边上。

戏曲引发了我对创作的热爱，我格外喜欢听故事、讲故事，喜欢那些生老病死、爱恨情仇的故事。小说家一般不爱讨论，但写戏曲、写电影电视剧，是一定要和人讨论的。于是我写小说也喜欢讨论，喜欢把我写的故事讲给别人听。我们家楼下餐厅的好多服务员，都听过我讲故事。

蒋肖斌：讨论出来的小说会有什么不同吗？

李修文：小说是一种现代性的文体，有着现代心理学的基础。我笃信一点，在我们的日常生活中，大量暧昧的、残缺的、不可捉摸的、不好判断的碎片式的情绪，需要予以表现和确认，所以如何讲述就变得很重要。我会边讲故事边看对方的反应，他觉得这里不舒服，我下一次就换一种方式讲。

我受到电影影响，拍电影总是要出门；我又特别需要在现实生活中找到一些证据，获得一些确信感。我去了足够多的工厂、见过聊过足够多的工人，一个火热的年代好像就要扑面而来，写作就成了下意识的反应。

蒋肖斌：你的成名很早，27岁就是武汉文学院当时最年轻的专业作家。当时是怎样的心态？

李修文：二十多岁成为专业作家，是一个侥幸，我从来都很忐忑，现在也是。一个作家写了一部小说，还能不能继续写下去，从来都是未知数。

我希望自己的每一部作品都能呈现一种美学上的新的表现形式，比如《猛虎下山》中，我找到一种舞台感，山里、厂里，都在演一场大戏。这本书里用的都是短句，短句就像鼓点，敲起来之后，人物被催促着撩开戏袍，轮番上场，演绎疾风骤雨……

这些都是花费漫长时间、反复推倒重来才找到的，下一部在哪里，我不知道。我的脑子里有无数个故事，但能不能找到新的表现形式，我很慌张。每天都担心和怀疑自己写不出来，这可能才是一个真正的作家的真实状态。

蒋肖斌：作为一个“过来人”，你对今天的年轻的写作者有什么建议吗？

李修文：还是要一条路走到黑，在你的梦想之路上坚定地走下去。当然今天的年轻人所面临的生活压力比我们当时要大，但我觉得为了梦想这件事，就算“饿死”也是骄傲的，何况也不会“饿死”。这个时代有了网络有了自媒体，给了年轻作家更多被发现的渠道。

年轻人去广阔天地建立自己独特的个人体验和经验是非常重要的，靠“一己之力”建立起一种叙述。因为年轻人那种横冲直撞的生命力，本身就可以形成非常强有力的叙述。

但也要注意，文学在本质上是人类心灵的公约数，不是个人的。文学之所以几千年来还能有生命力，是因为创作者让读者有了同理心、同情心，甚至让生活变得更加公正。而这些东西，需要创作者不断去与更多人遭逢一种将心比心。

别担心，只要你还想好好写作，还能不计后果地写作，生活总是能把你送到一条正确的道路上去的。

蒋肖斌： 你一般在什么环境中写作？

李修文： 可能因为做过编剧，我对写作没有讲究，在哪儿都行，旁边有人打掼蛋我都能写。很多东西是在高铁上写的，上个月我摔了尾椎，但是在《花城》杂志开的专栏不能开天窗，我就站着写。对我来说，不存在特定写作环境，只要我想写。

蒋肖斌： 你的日常生活是怎样的？

李修文： 每到下午3点，如果还没有人来找我，我就要开始主动组局了。我在武汉有很多不是搞文学的朋友，我几乎每天晚上都跟这些人待在一块儿。

我最喜欢一帮种树的（朋友）。我特别喜欢树，一棵苗木多少钱买进来，在苗圃里养几年，最后出圃的价格是多少，紫薇、樱花有多少种……我都一清二楚。

我的业余爱好就是找个地方待着，或者跟着朋友们出去看树。可能因为树是有生命的、宁静的，培养它的过程就像搞创作。

蒋肖斌： 接下来有什么计划？

李修文： 我在琢磨下学期开课后给学生讲什么，这是我现在最重要的事情，也是在将来人生中心甘情愿的事情。

刘醒龙：发现历史和现实的破绽

刘醒龙

刘醒龙，湖北团风县人，1956年生于古城黄州。中国作家协会小说委员会副主任。

1984年开始发表作品，代表作有中篇小说《凤凰琴》《秋风醉了》《大树还小》《挑担茶叶上北京》等。出版有《寂寞歌唱》《痛失》《圣天门口》等长篇小说11部，长篇散文《一滴水有多深》及散文集多部，中短篇小说集约20种。曾获鲁迅文学奖、第二届中国小说学会长篇小说大奖、中国当代文学学院奖长篇小说大奖等。2011年，长篇小说《天行者》获第八届茅盾文学奖。

文学有责任将看不见的生命气质从肉体中提取出来，用修辞和故事进行传播。

湖北省博物馆距离刘醒龙家只有一站地的距离，他进去参观过无数次。之前从没被人认出来，之后也再没被人认出来，偏偏2004年那一次，被博物馆一位工作人员认了出来。那位工作人员自告奋勇，领他去看摆放在角落里的曾侯乙尊盘。

这一看，刘醒龙被曾侯乙尊盘迷住了，从此开始全方位留意这件国宝中的国宝。10年后的2014年，他出版了以曾侯乙尊盘为素材的长篇小说《蟠虺》，位列中国小说学会“2014年度中国小说排行榜”长篇小说榜榜首。

又过了10年，2024年，刘醒龙的“青铜重器”系列长篇小说的第二部《听漏》，终于问世。小说以半个世纪以来考古人的生活与命运为经，以青铜器九鼎七簋承载的历史和现实意义为纬，将个人命运、城乡变迁与文化传承、历史演变结合起来。

刘醒龙出生于湖北黄州，当过水利局施工员、阀门厂工人，在20世纪80年代走上文学之路，于2011年凭借长篇小说《天行者》获得第八届茅盾文学奖。40年前，刘醒龙在小说处女作《黑蝴蝶，黑蝴蝶……》中，借作品中年轻的主人公之口说过一句话：机遇是少数人才能享受的奢侈品。

“40年后再看，一个人在某个时间节点上刚好遇上、差几分几秒也许就会错过的某个事物，真是人这一生可遇而不可求的奢侈品。”刘醒龙说。从这个角度，青铜器与他的相遇，他与文学的相遇，皆是如此。

蒋肖斌：小说为什么起名“听漏”？并把这个并非主人公的角色作为书名？

刘醒龙：用“听漏”二字作为书名，首先是其音韵的魅力，当然，还有它蕴含的神秘与神奇。听漏之意，可以理解为自己用感官，发现了历史的破绽，也包括现实生活的破绽。书中有一段话说，“漏水的地方总漏水，不漏水的地方总不漏水。就像坏人到哪里都要干坏事，好人到哪里都会做好事，做人和做事的道理是一样的”。听漏的意义，也是要听人和听事。

我前些年听车载电台说，上海市自来水公司有十几个听漏工，每到夜深人静，就会手拿一根铁棒，趴在老旧的石库门地面上，聆听地底下自来水管可能出现的漏水声。但到目前为止，我没有与这个群体的人打过交道，直接和间接的都没有。

这也是一种个人的习惯与操守，就像当初写《凤凰琴》《天行者》，将民办教师这一群体典型化后，反而害怕接触到一些具体的个体，宁肯默默地站在无人的地方，凝视他们，为他们祝福。对作家来说，将作品写成，事情就基本结束了。再想扛着作品的光环另外做些事情，通常是画蛇添足，甚至是自毁长城。

蒋肖斌：《听漏》中的考古和文物像是提供了一个场域，当下的人事、城乡才是主角，为什么选择这样的角度？

刘醒龙：两周时期的遗存与相关典籍，是历史样本中最早能够相互印证的。作为文化源头，两周时期的读书人与知识分子，影响历史进程的杰出表现也屡见不鲜。借助青铜重器的重新现身，用其珍稀性来强调、强化，甚至强行将当今的某些人的画皮猛烈撕开，看清楚所谓世道人心，梳理出文化伦理。而我最想表达的是用历史的义、现实的情，重新构成具有21世纪形态的情义。

蒋肖斌：21世纪形态的情义是怎样的？

刘醒龙：《听漏》中有一段闲笔，“武汉三镇的骗子都是文骗，不像其他地方的骗子，文的不行就来武的。武汉三镇的骗子还有点荣誉感，一旦被当众识破，就会觉得自己水平不够高明，发一声哄笑，赶紧走人”。情义之事不仅是高山仰止的高大上，还溶解在人间烟火之中，哪怕是街头巷尾的小骗子，在行为举止上也有所表现。

书中，在马跃之和曾本之那里，荣誉的天花板明明就在眼前，闭一闭眼睛，低一低头，就能触摸到。但他们在关键时刻，毅然选择抬起头，睁大眼睛，告诫自己这些是不可以越雷池一步的红线。“世上最大的骗子是自己骗自己”，对自己而言，毫无疑问，这是一种了不起的情义。

蒋肖斌：小说主要人物是知识分子，你对这个群体的文学描写抱有怎样的态度？

刘醒龙：在贫穷且没有任何地位的时期，一介书生更容易显出知识的品格；相反，在既有点钱、又有点社会地位的时候，做一名纯粹的知识分子是极其困难的事情。在青铜时代，读书人名节的重要性远远大于生死富贵。千年之后，有些话看上去似乎不再说了，有些行为在实际生活中也看不到了，但骨子里依然存在。文学有责任将看不见的生命气质从肉体中提取出来，用修辞和故事进行传播。

蒋肖斌：《听漏》中有一句话，“以考古形式发现的东西，如果没有进一步完善人的精神生活，就与挖出来的破铜烂铁没有太大区别”。这与文学似乎有相似之处，你觉得考古小说应该表达的是什么？

刘醒龙：这个问题是一切文学作品必须面对的，如果换掉关键词，说“以文学形式发现的东西，如果没有进一步完善人的精神生活”，接下来的话也是成立的。写考古的小说，也属于文学范畴，那么也就没有什么例外。

考古同样是社会生活的一部分，同样是由有七情六欲的男男女女来做的事情。看上去面对的是死去几千年的古人，骨子里还是由正在地上行走的活人来作各种各样的决定。今天的人只能写今人，今天的人即便写古人，所言说的也无一不是今人。如果真将这些后来者写的古人当成真正的古人，免不了会成为一种笑谈。

蒋肖斌：你和湖北省博物馆原馆长方勤是好友，你在现实中接触的考古工作者，给你留下什么共同印象？

刘醒龙：考古工作者是典型的唯物主义者，如果见不着器物，一个字都不会多说；一旦见着器物了，死的都能说成活的。有一次，方勤让我去看刚刚从一处楚墓中发掘出来的鳊鱼，他极富想象力地说成是“干煸武昌鱼”，令人既忍俊不禁，又有点垂涎欲滴。那个年代，武昌一带大概是叫鄂国，武昌的名字要几百年后才出现。

从某种意义上说，考古工作非常接近文学创作。文学创作看似无中生有，其实字字句句都是有的放矢。考古工作同样是不见兔子不撒鹰，从田野调查到打探方、挖探沟，一旦找到遗存，就像写作时的下笔如有神助，小的遗存如写短篇，大的遗址如写长篇。

又比如，考古工作和文学创作，都有一种说不清、道不明的神秘意味。毫无例外，每一次考古发掘，都是在普通人的眼皮底下进行。那片土地上，子子孙孙不知繁衍了多少代人，放牧种植，居家生活，但从没有人发现自己的脚底下竟然埋藏着一段用金玉、青铜、陶土和漆木做成的辉煌历史，偏偏考古工作者一来就发现了。

文学创作也是如此，那些人人心中都有、个个笔下全无的状态，在一般人眼里百无一用，却被作家写成令人刻骨铭心的经典。考古工作与文学创作的缘起，在“无中生有”这一点上，实在太像了。

蒋肖斌：当下很多年轻人对考古感兴趣，文学作品在这样的环境下应该做什么？

刘醒龙：还是那句俗话，文学的作用是无用之用。2014年出版“青铜重器”系列之一《蟠虺》时，考古这行还比较冷。小说着重表现的曾侯乙尊盘，也没有多少人知道，这几年，忽然变得几乎无人不知无人不晓。

文学在其中肯定起了一定作用，主要还是社会的主流意识出现新的变化，特别年轻人的变化。在这个世界上，任何潮流的出现，起关键作用的都是年轻人。而从年轻走过来的中老年人，行动上会少一些，责任和义务会多一些，包括用文学的形式，作一些过来人的言说。

蒋肖斌：近年来你在公众面前的“曝光率”不高，主要在做什么？

刘醒龙：作家又不是必须频繁出镜的明星！作家如果没有作品，哪怕站在长江大桥上作秀，也起不了什么作用。只要有作品，用作品来说话，作家的出现就变得很次要了。

一部长篇小说，要对得起读者的欣赏，对得起自己好不容易得来的灵感，没有几十万字是不行的。从前爬格子，手指关节上会被笔磨出老茧；现在敲键盘，十根手指，两只手腕，常常闹腱鞘炎，夜里都能疼醒。这样的过程，才是写作的真相。

文坛上有句话，好作品用不着大声吆喝，好作家用不着抛头露面。面对安身立命的作品，作家必须要将最重要的时间用在写作上。越是在公众面前曝光得少，越是表明作家尽自己的本分正在努力写作。

蒋肖斌： 你一般是在怎样的环境中写作？

刘醒龙： 从不写中短篇小说、只写长篇小说开始，我就坚持在正常的时间里写作，不熬夜，不加班，也不住宾馆酒店，在家里写长篇小说是最舒适的，不受出版社要赶进度的影响，自己不满意就不交稿。

年轻时，杂志社或出版社的编辑催稿是常有的事，现在情况不同了，人过60岁以后，对时间的珍惜极其自觉。编辑们也明白催不催其实都一样，即便要联系，也是以问候为主，催稿为辅。彼此都不提何时交稿，真正着急的不是出版社，而是作家自己。人生的好日子就剩下那么多，能写的时候得赶紧呀！

说到底，一个人的写作环境，是由作家内心来决定的，心态平和，雷鸣电闪不过是老天爷放的烟花。

蒋肖斌： 那你的业余爱好是什么？

刘醒龙： 到我这个年纪，什么都是业余的，什么也都是专业的。写作之外，会写写书法，打理一下后院的瓜菜豆角。也是听博物馆的朋友说多了，从来不去古玩店。我不喜欢那种真假莫辨的环境，不喜欢耍嘴皮子比耍花枪还顺溜的说辞。宁可与沉默寡言、磨子压不出一个屁来的“地下工作者”，在满是铜锈的角落里长时间对坐，就觉得十分满足。

蒋肖斌：接下来有什么写作与生活计划？

刘醒龙：2023年初，在医院住了20多天，体重掉了9公斤。从医院回来，首先调整了自己的日常秩序，将增强体质摆在第一位。第二位是尽可能多地与家人相处，只要家人开心，我愿意陪着追剧。

写作自然还是重中之重，也因为是重中之重，再动笔时会更加谨慎。几年前我就说过，当爷爷的人就要有个当爷爷的样子。一般情况下，儿女会顾及父亲的面子，到了童言无忌的孙辈那里，则是想说什么就说什么。万一被发现有什么不妥，爷爷的面子被顶到墙壁上掉不下来，那就难堪了。

接下来肯定是写一部算一部，写出对得起孙辈们的文字。在写出新文字之前，自己会再到一些考古遗址现场看看，希望能写出大家开始念叨的“青铜重器”系列之三。

|后　记|

回到文学的现场，抓住那个鲜活的人

小时候的我有两个梦想，一是周游世界，二是成为一名作家；长大后，梦想发生了一点“偏离”，成了一名记者，跑遍了中国的每个省份。记者职业相比作家，与文学的距离稍远，但也让我能有机会与各位作家坐下来聊一聊。当书架上密密麻麻的书脊上的名字，成为坐在我面前的鲜活的人，文学的现场与生活的现场合二为一。

《文学的现场——作家说》收录了从2020年至今我与30位作家的33篇访谈文章，都曾发表于《中国青年报》“作家说”专栏，略有修改。受限于报纸载体，每一篇文章都不长，但也正因如此，从数万字访谈记录中浓缩而来的3000余字，一定是精心打磨的产物。

访谈文章的目录以采访时间为序，作家往往在彼时有了新作，或者新的动向。近5年来的文学现场发生了什么，无法尽述，只希望那一个个闪光的散点中，有令你我都感兴趣的人和事，如果能生发出微微点头的共鸣，那就再好不过了。在提倡全民阅读的当下，能通过一篇作家访谈让读者愿意翻开作家作品，是一件令人开心的事。

这些访谈与专业文学期刊的访谈相比，可能有三点不同：一是视角，多为平视；二是话题，不只文学；三是青年。

本书收录的作家大多都是前辈，大多都已成名多年、获奖无数，但我尽量“平视”。并非我多么自信，而是希望在不掺杂预设的前提下，还原“采访”这一行为带来的现场感和真实性——问作家写作的起源、文学版图的开疆拓土，也关心他们的童年记忆、人生感悟。

“平视”视角也顺理成章地带来第二点不同，既然不是“晚辈来请教”，那就不妨聊聊无关文学、有关生活的话题，让“现场”的氛围感更浓一些。有什么业余爱好、爱吃什么、爱去哪儿逛……是文学的“闲笔”，也是抓住那些鲜活的人。作家从高高的书架上跳下来，与读者“安得促席，说彼平生”。

第三点不同，是《中国青年报》的基因，自然关注青年、为青年服务。每个作家都曾是青年，有过激扬文字的青春，他们当时的所思所想所感，既是一个人的口述史，又可为当下青年提供一些参考。看一个人，不能只看他现在所处的位置，更要看他是从何处走到这里的。关于成长、关于梦想，这是永恒的话题。一代人有一代人的青春，作家创造自己的文学国度时，自己就是那个不老的少年。

做了12年文化记者，我的报道领域较为广泛，文学、艺术、文博、影视……这并不会让我分散关注，反而让我能用一种“大文化”的眼光，来看待作家与他们的作品。作家们的笔下有各种各样的人物、纷繁复杂的环境，乃至光怪陆离的想象。我进入他们的世界，肆意徜徉，感同身受，然后悄悄转身，职业“围观”，客观记录。这是一个不断往返的过程，有些辛苦，但其乐无穷。

每次访谈最后，我往往会问作家们接下来的计划，现在回看，很多计划已经成真，作家们诚不我欺。文学的现场熙熙攘攘，一不留神就可能错过更新进度。需要说明的是，文中的时间表述并未根据现在时间修订，仍以当时为准，毕竟，“现场”就是“现场”。

还有件有趣的事，仅本书收录的作家中，就有不少是标准的“斜杠”人士，从事过各种职业：编剧、教师、律师、农民、矿工、商人……甚至还“卷”了起来，有位当过篮球教练的作家说，以为自己是打篮球里小说写得最好的，不巧有一天遇到了冯骥才先生。

多位作家有记者的从业经历，这让我看到了实现童年梦想的可能性。在此十分感谢何建明老师，为我倾情作序。他当过多年记者，即便成为作家后，也从未停止大量采访。用脚采访，用笔还原，希望我亦能在接下来的时光里一如既往。

《中国青年报》一直以来重视阅读领域，以一种符合文化规律的方式，记录时代与人物，有观察，有态度。具体到“作家说”专栏，严肃文学与类型文学、成名已久的作家与初出茅庐的作家，都可以且欢迎有说话的空间。我们追求的是一个正在进行时的文学现场，这个现场天朗气清，少长咸集，活色生香。作家们用作品说话，也活成一个个浸润在人间烟火中的普通人。

希望本书能让读者迅速了解一位作家和他的部分作品，而我更希望的是，能让阅读成为日常，作家来来往往，你我亦在其中。

那么，再次，欢迎来到文学的现场。

2024年夏于北京